Ein Mausklick bis zum Kuss

Bibliografische Information der Deutschen Bibliothek
Die Deutsche Bibliothek verzeichnet diese Publikation
in der Deutschen Nationalbibliografie;
detaillierte bibliografische Daten sind im Internet über
http://dnb.ddb.de abrufbar.

5 4 3 2 1   13 12 11 10

Text: Anne Wilkens
Illustrationen: Sara Beermann
ISBN 978-3-7607-3597-9

www.arsedition.de

Anne Wilkens

ein mausklick bis zum kuss

arsEdition

großer frust im neuen haus

Irgendetwas stimmt da nicht! Das LAN-Kabel steckt in der Anschlussbuchse, der Bildschirm und alle Programme funktionieren auf meinem neuen Laptop, nur Safari, das Internetprogramm, reagiert einfach nicht.

»Mama!«, rufe ich genervt durchs Haus.

»Was ist denn?«, ruft sie zurück. Ich verstehe sie kaum, sie scheint unten im Keller zu sein.

»Komm doch mal bitte hoch! Ich bin in meinem Zimmer«, schreie ich ganz laut und warte ungeduldig am Schreibtisch.

Kalle steckt den Kopf zur Tür herein.

»Ist was?«, fragt er neugierig. »Kann ich dir helfen?«

»Nein«, knurre ich.

»Mann, war ja nur ’ne Frage, dann eben nicht«, sagt er und verschwindet. Weil er die Tür nicht richtig geschlossen hat, stehe ich auf, knalle sie laut zu und krabble unter meinen Schreibtisch, um an der Telefonbuchse, unten an der Wand, herumzunesteln. Vielleicht war es ja nur ein Wackelkontakt?

Ich stecke das Kabel aus und wieder ein. Als ich aufstehen will, um nachzusehen, ob ich mit meiner Aktion Erfolg hatte, haue ich mir natürlich den Kopf an. Autsch!

Ich streiche über meine Stirn, um nachzufühlen, ob sich

schon eine Beule gebildet hat, und setze mich dann mit zusammengebissenen Zähnen an den Laptop. Ich drücke auf sämtlichen Tasten herum, klicke mit der Maus wie wild und versuche Safari aufzurufen, doch am Bildschirm erscheint wieder nur ein Kasten mit einer Fehlermeldung. Das gibt's doch nicht! Erbost stehe ich auf, gehe zur Tür und reiße sie auf.

»Warum kommst du denn nicht, Mama?«, schreie ich durchs Treppenhaus.

»Was ist denn los?« Tom steht am Treppengeländer und guckt vom Dachgeschoss aus zu mir herunter. Aus seinem Zimmer dröhnen die »Kaiser Chiefs«. Er grinst und fragt: »Kann ich was für dich tun? Oder brauchst du deine Mama?«

»Sie will keine Hilfe!«, tönt es aus Kalles Zimmer. »Sie hat heute mal wieder ihren zickigen Tag.«

»Ach, haltet doch die Klappe!«, zische ich genervt, gehe zurück in mein Zimmer und hocke mich auf das ungemachte Bett. Ich hasse es, mit Jungs zusammenzuwohnen, die ich überhaupt nicht kenne! Verärgert starre ich auf die kahlen weißen Wände, den alten Ikea-Schrank und die Umzugskisten, die noch immer nicht alle ausgepackt sind. Das soll jetzt also mein neues Zimmer sein.

Überall auf dem Parkettboden verstreut liegen Klamotten und Bücherstapel. Wo, bitte schön, soll ich das ganze Zeug nur unterbringen, ohne Regale? Ein tröstlicher Lichtblick ist eigentlich nur der neue weiße Schreibtisch, auf dem mein Laptop, ein Geburtstagsgeschenk meiner Eltern, steht – meine einzige Verbindung zur Außenwelt, wenn das Internet funktionieren würde. Wenn …

Wo Mama bloß bleibt? Immer lässt sie mich warten. Um die

Zeit totzuschlagen, stelle ich das schöne weiße Schmuckkästchen, das mir Papa geschenkt hat, aufs Fensterbrett.

Plötzlich geht die Tür auf und Basti steht an der Tür, bewaffnet mit einem Stapel Bilderbücher.

»Du, Maya ...«, sagt er, während er hereinstapft und den Stapel auf einer Umzugskiste ablegt, »duuu ... kannst du vielleicht ...«

»Was hast du vor, Basti?«, frage ich amüsiert und mustere meinen Lieblingsstiefbruder. Er ist knapp vier Jahre alt und sieht sehr süß aus mit seiner türkis gestreiften Latzhose, dem blonden Lockenkopf und den großen blauen Kulleraugen. So süß, dass ihm niemand böse sein kann, selbst ich nicht, mit meiner kratzbürstigen Laune.

»Warte«, sagt er, klettert auf mein Bett und macht es sich dort mit einem Bilderbuch bequem. Dann schaut er mir tief in die Augen und fragt: »Liest du mir was vor, Maya?«

Ich streiche durch seine blonden Kuschellöckchen.

»Jetzt nicht, Basti«, sage ich bedauernd. »Du siehst doch, ich muss erst noch auspacken und aufräumen, außerdem ...«

»Ich helfe dir!«, ruft Basti, springt auf, trippelt zu meiner Kleiderkiste und zieht gerade einen BH heraus, als Mama zur Tür hereinkommt.

»Oh, du hast Besuch!«, sagt sie lachend, als ihr Blick auf Basti fällt, der mit dem BH in der kleinen Hand vor der Umzugskiste steht.

Ich reiße Basti das Teil aus der Hand und setze ihn zurück aufs Bett.

»Die Kisten muss ich alleine ausräumen«, erkläre ich ihm, »da kann mir keiner helfen. Aber du kannst zuschauen, wenn du willst.«

»Liest du mir was vor?« Basti lässt einfach nicht locker.

»*Ich* lese dir gleich was vor, Basti«, sagt Mama. »Maya muss aufräumen. Das siehst du doch.«

Und an mich gewandt meint sie: »Du bist ja nicht gerade weit gekommen. Das muss ich schon sagen.«

Sie hebt ein T-Shirt vom Boden auf, faltet es zusammen und legt es auf den Sessel.

»Was soll das denn heißen?«, fahre ich auf. »Nicht gerade weit gekommen! Wo soll ich das Zeug auch hintun? Ich hab ja noch nicht mal Regale!«

Total genervt setze ich mich neben Basti aufs Bett und verschränke die Arme vor der Brust.

»Bist du böse, Maya?«, fragt Basti und patscht auf meine beiden Wangen.

»Demnächst fahren wir ja zu Ikea und kaufen Regale«, sagt Mama beschwichtigend, während sie sich in meinem Zimmer umsieht. »Aber du hättest zumindest schon mal dieses Zeug wegstellen können.«

»Ich hab Besseres zu tun, als ewig bei Ikea rumzuhängen«, fauche ich sie an. »Bestell doch irgendein Regal im Katalog, die sehen sowieso alle gleich aus. Mein Problem sind nicht die Möbel, verstehst du? Ich will, dass das Internet funktioniert! Guck dir das doch mal an! Was ist mit dem Kasten los?«

Erbost haue ich auf den Router. Meine Mutter sieht mich kopfschüttelnd an.

»Das hätte ich dir gleich sagen können, dass das Internet nicht funktioniert.«

»Waas? Wieso?«

»Telefonanschluss und Kabelprogramm funktionieren auch

noch nicht. Es war ein Missverständnis zwischen Jens und mir ... Ich hatte gedacht, dass er sich um DSL und Kabelempfang kümmert, aber er war der Meinung, ich hätte das erledigt. Wie auch immer, wir haben uns zu spät angemeldet und müssen nun etwas warten, bis jemand von der Telekom vorbeikommt. Eine Woche wird das bestimmt noch dauern. Aber ich finde, es tut uns allen auch mal ganz gut, auf Fernsehen, Telefon und Internet zu verzichten.«

Fassungslos starre ich meine Mutter an. Kein Internet, kein Festnetzanschluss und kein Kabelfernsehen! Eine Woche lang! Es ist echt unglaublich, was Mama mir alles zumutet.

Nicht genug, dass ich in ein Kaff ziehen muss, weit weg von meiner ehemaligen Schule und meinen alten Freunden. Nicht genug, dass ich morgens eine Stunde früher aufstehen, mich an neue Lehrer und neue Mitschüler gewöhnen und, noch schlimmer, mit Mamas Lover und dessen drei Söhnen zusammenleben muss.

Jetzt untersagt sie mir sozusagen auch noch den elektronischen Kontakt zu meinen Freunden und zu meinem Vater. Kein Internet! Das muss man sich mal vorstellen! Keine E-Mails, keine Chatrooms und keine Downloads!

Ich bin überhaupt nicht mehr informiert, was neu auf dem Markt oder in den Charts ist, wenn man nicht mal Viva und MTV reinbekommt. Und mit dem Handy kann ich auch nicht telefonieren, weil meine Karte schon wieder leer ist und ich kein Geld habe, um sie aufzuladen. Ich bin also praktisch völlig abgeschnitten von der Welt.

»Aber das geht doch nicht ...«, stammle ich. »Wie stellst du dir das vor?«

»Was ist denn, Maya?«, fragt Basti. »Was geht denn nicht?« Er streicht mir über die Haare.

»Lass mich! Das verstehst du nicht!« Ich schubse seine Hand weg.

»Komm, wir gehen, Basti«, sagt Mama. »Maya hat schlechte Laune.«

Sie klemmt den Bilderbuchstapel unter den Arm und schiebt Basti zur Tür.

»Leih mir doch wenigstens dein Handy, Mama«, bettle ich und falle fast auf die Knie vor ihr.

»Das hat auch kein Guthaben mehr«, behauptet sie, während sie mit einer Hand meine gebrauchten Socken vom Boden aufsammelt.

»Maya, du telefonierst eh viel zu viel mit dem Handy. Noch dazu Gespräche ins Ausland. Das geht nicht, das ist zu teuer.«

Blahblah. Mann, in solchen Momenten kann ich Papa echt verstehen, dass er es mit diesem Geizkragen und den ewigen Moralpredigten nicht mehr ausgehalten hat.

»Immer geht es bei dir nur ums Geld«, jammere ich. Ich bin so sauer.

»Ach Maya, jetzt sei doch nicht kindisch. Wenn dir das Telefonieren so wichtig ist, kannst du immer noch Geld vom Sparbuch abheben und dir eine neue Handykarte kaufen. Aber ich würde mir das an deiner Stelle gut überlegen.«

»Tschüs, Maya!«, sagt Basti und winkt.

Die Tür fällt ins Schloss und ich sitze wieder allein in meinem Chaos. Na prima. Das Weihnachtsgeld meiner Omas abheben! Die spinnt wohl?!

Wütend stoße ich eine Umzugskiste weg. Autsch! Jetzt habe

ich mir auch noch den Zeh angestoßen. Ich humple zum Bett, ziehe vorsichtig die Socke aus und begutachte meinen ramponierten Fuß. Der große Zeh ist nur leicht gerötet, tut aber voll weh. Mann!

Ich ziehe die Socke wieder an und wühle auf der Suche nach einem süßen Tröster in meinem Rucksack herum. Als ich den Schokoriegel endlich in die Finger kriege und ihn wegputze, geht es mir aber auch nicht besser. Man könnte ganze Schokoladenberge essen, es wäre immer noch trostlos hier. Frustriert knülle ich das Silberpapier zu einer Kugel und werfe es in einen leeren Karton.

Warum kann man nicht genauso – mit einem schnipp und weg! – die Zeit zurückdrehen und sein altes Leben wieder zurückhaben? Vor zwei Jahren war alles viel besser. Meine Eltern waren noch ein Paar, wir wohnten alle zusammen mitten in der Stadt, ich hatte eine tolle beste Freundin, Klara, gute Noten in der Schule und alles war für mich perfekt.

Mein Vater war zwar oft wochenlang im Ausland unterwegs, weil er schon seit vielen Jahren als Fotojournalist arbeitet. Wenn er aber daheim war, hatte er immer Zeit für mich und unternahm viel mit mir und Mama. Mit ihm kann man auch mal Quatsch machen, albern, lachen. Er fragt nicht ständig nach Noten oder ob man sein Zimmer aufgeräumt hat, so wie Mama. Ich finde sie manchmal ein bisschen pingelig und einfach zu diszipliniert. Aber vielleicht muss man das ja sein, wenn man Musikerin ist, in einem Orchester spielt und nachmittags Geigenunterricht gibt. Na ja, jedenfalls fiel ich aus allen Wolken, als mir meine Eltern eines Tages mitteilten, dass sie sich trennen wollten und Papa nach Australien ziehen würde.

Ich war echt fertig, aber zum Glück änderte sich durch die Trennung zunächst mal nicht viel in meinem Leben, alles ging seinen gewohnten Gang.

Als Mama dann blöderweise einen Typen namens Jens kennenlernte und ihn samt seinen drei unerzogenen Söhnen zu uns nach Hause schleppte, wurde mein Leben allerdings komplett auf den Kopf gestellt und die Katastrophe nahm ihren Lauf.

Schon beim ersten gemeinsamen Abendessen behandelten mich Jens' ältere Söhne, Kalle und Tom, als könnte ich nicht bis drei zählen. Sie redeten so gut wie gar nicht mir und sahen durch mich hindurch, als ob ich Luft wäre. Mama zuliebe versuchte ich den Abend zu ertragen und verkniff mir blöde Bemerkungen – bis mein Glas umkippte und die klebrige Limo auf die Tischplatte floss, was Tom zu der Bemerkung: »Das passiert Basti auch oft, Kleine«, veranlasste und mich sofort auf die Palme brachte. Als ob ich, gerade mal zwei Jahre jünger als er selbst, ein Baby wäre, das man nachsichtig behandeln muss!

Meine Versuche, weitere Treffen mit Jens und seinem ätzenden Clan zu verhindern, indem ich über Kopfschmerzen klagte oder Schulstress vortäuschte, waren nicht von Erfolg gekrönt.

Mama hatte sich über beide Ohren in Jens verknallt und war entschlossen, unsere beiden Familien glücklich zu vereinen.

Gegen meinen Willen mieteten die beiden in Jens' Wohnort, einer stinklangweiligen und öden Kleinstadt, eine Doppelhaushälfte – wie spießig! –, und ich musste umziehen. Weg aus der Großstadt! Weg von meinen Freundinnen! Das war echt hart. Eigentlich hatte ich ja gedacht, dass Papa gegen den Umzug ist, dass er mein Verbündeter werden und mich aus dem ganzen Schlamassel retten würde. Doch der hatte nur Australien und seine Aufträge im Kopf …

Jetzt brauche ich erst mal Musik, um runterzukommen … Wo ist denn schon wieder mein iPod? Da! Ich stöpsle mir die Kopfhörer in die Ohren, lege mich aufs Bett und schreibe einen Brief an Papa.

Hallo Papa!
Ich kann im Moment keine Mails verschicken, weil
das Internet nicht funktioniert. Telefon ist auch
noch nicht angeschlossen und ich bin völlig von der
Außenwelt abgeschnitten. Mir gefällt es hier
überhaupt nicht, die Stadt ist ein langweiliges
Kaff und daheim war es viel schöner!
Wie geht's Dir in Australien? Hast Du viel
zu tun? Kann ich Dich denn im Sommer
besuchen? Ich muss hier unbedingt raus und
was erleben! Ich würde mich so freuen,
wieder mal eine Tauchtour zu machen. Du
fehlst mir sehr! Meld Dich bald, neue
Adresse schick ich mit!

LG
Deine Maya

Dann verfasse ich einen zweiten Brief an meine beste Freundin:

Hi Klara,

wundere Dich nicht, dass ich Dir so einen altmodischen Brief auf Papier schreibe! Meine Mum und ihr Neuer sind absolut unfähig und haben Internet und Telefon nicht rechtzeitig angemeldet. Deswegen kann ich nicht chatten und mailen. Handy ist natürlich auch leer und ich vereinsame völlig ... Hier ist es schrecklich!!! Das Kaff ist total langweilig und die Leute auch.

Die Namen meiner Klassenkameraden kenne ich auch noch gar nicht richtig. Bisher kann ich mich nur an eine Winni erinnern. Sie ist so eine Modetussi, wie Pia, Du weißt schon, und sie klopft auch genauso große Sprüche. Die meisten Mädchen sind aber total brav und ziemlich langweilig.

Von den Jungs ist nur einer interessant, der heißt Mark Colling. Aber der ist eingebildet, weil alle Mädchen in der Klasse in ihn verknallt sind. Na ja, fast alle, ich jedenfalls nicht.

Schreib mir, so schnell es geht! Ich versauere hier!

Deine verzweifelte Maya

meer-schweinchenjagd

»Oh, gut dass du schon früher da bist, Maya«, sagt Mama, die gerade in der Küche die Spülmaschine ausräumt.

»Was ist denn los?«, frage ich erstaunt, während ich meine Schultasche in der Garderobe fallen lasse.

»Ich muss gleich los zum Unterricht«, antwortet Mama und sortiert das Besteck in die Schublade.

»Aber heute ist doch Donnerstag, da hast du frei«, kläre ich sie auf.

»Ich weiß schon, der Unterricht ist aber leider von meiner Schülerin verschoben worden«, sagt sie, als sie den Küchentisch abwischt. »Wie spät ist es denn?«

»Viertel nach zwei.«

»Oh Gott, schon so spät. Ich muss mich echt beeilen.« Sie wäscht sich am Spülbecken die Hände. »Es tut mir wirklich leid, Maya, aber ich kann dir jetzt leider kein Mittagessen mehr kochen«, fügt sie bedauernd hinzu und trocknet sich die Hände ab. »Basti hat schon im Kindergarten zu Mittag gegessen. Für dich steht im Kühlschrank noch ein Eintopf, den kannst du dir aufwärmen.«

»Ist okay«, sage ich gnädig. »Ich kann mir schon selbst was machen.«

Mama huscht in die Diele, wo sie in ihre Straßenschuhe schlüpft. Ich folge ihr und sehe zu, wie sie sich vor dem Spiegel die Haare bürstet.

»Noch etwas, Maya ...«

»Ich höre.«

»Also, ich habe noch eine kleine Bitte: Kannst du heute auf Basti aufpassen und mit ihm den Meerschweinchenkäfig sauber machen? Das hätte ich eigentlich gestern schon erledigen sollen, aber ich hab's einfach vergessen in dem ganzen Trubel.« Sie fährt mit dem Lippenstift über ihre Lippen.

Ich wusste es, natürlich bin ich mal wieder die Blöde, die den Babysitter spielen darf.

»Warum immer ich? Warum macht das nicht Tom? Oder Kalle? Basti ist schließlich *ihr* Bruder«, maule ich und stampfe genervt mit dem Fuß auf den Boden. Den Meerschweinchenkäfig sauber zu machen ist echt das Allerletzte, auf das man sich nach einem anstrengenden Schultag freut.

»Die Jungs sind auf einem Fußballturnier und kommen spät heim«, erklärt Mama, während sie in ihre Jacke schlüpft. »Und du hast doch heute Nachmittag eh nichts vor, oder?«

»Woher weißt du das denn?«, rufe ich erregt. »Du kannst mich doch nicht einfach so verplanen! Und ich hasse Meerschweinchen!«

»Warum?«, fragt Basti, der plötzlich barfuß mit seinem Schlafteddy in der Hand in der Küche steht. »Warum hasst du Meerschweinchen?«

»Basti!«, ruft Mama. »Du bist ja schon aufgewacht! Willst du nicht noch ein bisschen schlafen? Du bist doch bestimmt noch müde nach dem Kindergarten!«

»Ich bin aber gar nicht müde.« Basti drückt sich an mich und schlingt seine Arme um meine Knie, eine Geste, die normalerweise Mutterinstinkte bei mir auslöst, aber heute nicht.

»Wie soll ich das denn machen, Mama?«, frage ich und merke, dass meine Stimme richtig quengelig klingt. »Ich weiß doch gar nicht, wie das überhaupt geht, den Meerschweinchenkäfig sauber machen.«

»Also, Maya, das ist doch wirklich ganz einfach«, meint Mama. »Basti weiß, wie das geht, er wird dir das zeigen … Einstreu und Stroh stehen in der Garage.«

»Na prima«, murmele ich.

»Und danach natürlich Hände waschen!« Das ist typisch Mama. Einerseits soll man erwachsen sein, Verantwortung übernehmen, im Haushalt mithelfen und einen kleinen Jungen beaufsichtigen, andererseits wird man wie ein unselbstständiges Kleinkind behandelt.

»Mann, Mama, für wie blöd hältst du mich?«, stöhne ich.

»Doris und Boris sind jetzt meine Meerschweinchen«, ruft Basti.

»Davor nicht?«, frage ich ihn. »Wem haben sie denn früher gehört?«

»Kalle«, sagt Basti.

Na prima, denke ich, Kalle trifft sich mit seinen Freunden, und Maya darf seine uninteressanten Haustiere versorgen.

»Kann ich euch jetzt allein lassen?«, fragt Mama, bevor ich noch weitere Einwände vorbringen kann. Sie hat bereits ihren Geigenkasten in der Hand.

»Na gut«, seufze ich, streiche Basti über den Kopf und hole den Topf mit meinem Mittagessen aus dem Kühlschrank.

»Danke, Maya. Du bist ein Schatz!« Mama gibt mir einen Kuss. »Um sieben bin ich wieder zurück und bringe für uns alle was vom Thailänder mit! Sag das Jens, wenn er heimkommt«, ruft sie noch, bevor die Haustür ins Schloss fällt.

Ich starre Basti an, der startbereit für Tierpflegerarbeiten zu sein scheint.

»Zuerst muss ich aber etwas essen, okay?«

Basti nickt, und während er sich auf den Boden setzt und sein Auto um die Stuhlbeine kurven lässt, stelle ich den Topf auf die Herdplatte. Als mir einfällt, dass ich die Post noch nicht geholt habe, renne ich in Windeseile zum Briefkasten, muss dann aber enttäuscht feststellen, dass weder Papa noch Klara geschrieben haben, obwohl ich mir so viel Mühe mit den Briefen gegeben hatte. Aber wahrscheinlich sind die noch gar nicht angekommen.

»Ich wohne doch nur einen Mausklick von dir entfernt«, sagte Papa damals auf dem Flughafen, als wir uns sechs Wochen vor dem Umzug voneinander verabschiedeten. »Über E-Mails können wir doch Tag und Nacht in Verbindung bleiben. Und wenn dich deine Mama ärgert, dann kommst du einfach zu mir.«

Trotzdem ging es mir mies, als er weg war. Ich hatte Panik, ich könnte ihn nie wieder sehen und er würde für immer in Australien bleiben.

Deswegen schrieb ich ihm fast jeden Tag eine Mail und bekam am Anfang auch sofort eine Antwort. Inzwischen meldet er sich nicht mehr so regelmäßig, weil er beruflich viel um die Ohren hat und ständig unterwegs ist, oft in Gebieten, in denen es weder Post noch Internet gibt.

Bei Klara jedoch musste ich nie auf eine Antwort warten, denn wir haben uns praktisch jeden Tag gesehen und stundenlang miteinander gequatscht. Warum sie sich jetzt überhaupt nicht meldet, verstehe ich nicht. Sie ist doch immerhin meine beste Freundin! Oder habe ich mir das die letzten Jahre etwa nur eingebildet?

Basti lässt mir keine Zeit, darüber nachzudenken.

»Ich will auch was«, kündigt er an, als ich den heißen Topf von der Herdplatte schiebe. Bevor ich das Essen verteile, lege ich zwei Kissen auf einen Küchenstuhl und platziere Basti darauf. Dann reiche ich ihm einen Löffel und fülle seinen Kinderteller und meinen Teller reichlich mit Eintopf, als es plötzlich klingelt.

Basti steht sofort auf, rennt zur Eingangstür und reißt sie auf. Ich folge ihm, stelle mich am Türeingang schützend hinter ihn und schaue nach, wer geklingelt hat. Zwei mir unbekannte Jungs lungern am Gartentor. Sie starren mich an, als käme ich vom Mond.

»Tom ist nicht da«, ruft Basti vorlaut, und ich schaffe es gerade noch, ihn daran zu hindern, die Tür sofort wieder zuzuschlagen.

»Wollt ihr zu Tom?«, frage ich und spüre, dass ich sofort aus Schüchternheit rot werde, was mich jedes Mal tierisch nervt.

»Äh, ja …«, stottert der blonde Sportliche mit dem dunkelgrauen Kapuzen-Sweatshirt, der auch nicht selbstsicherer als ich zu sein scheint.

Der andere Junge mit den dunklen Haaren schaut seinen Freund an und grinst.

»Wir wissen schon, dass Tom im TSV ist«, erklärt er mir.

»Ja und? Was wollt ihr dann hier?«, frage ich und runzele verwirrt die Stirn.

»Er hat was vergessen ...«, behauptet der Blonde. Ihm scheint die ganze Situation ziemlich peinlich zu sein.

»Tom hat uns eine SMS geschickt und darum gebeten, dass wir seine Trainingsjacke holen, die er in seinem Zimmer vergessen hat. Vielleicht kannst du uns kurz reinlassen? Basti kennt uns ja, nicht wahr, Kleiner?«

»Gar nicht«, ruft Basti, streckt den beiden Jungs die Zunge raus und trippelt zurück in die Wohnung.

Mein Blick wandert zwischen den beiden Gestalten hin und her. Es will mir nicht ganz einleuchten, dass Tom seine Freunde schickt, um Klamotten aus seinem Zimmer zu holen.

»Tut mir leid, das geht jetzt leider nicht«, murmele ich und schließe die Haustür. Durch das Küchenfenster sehe ich, wie die beiden grinsend abziehen.

»Wer war denn das? Hast du die schon mal gesehen?«, frage ich Basti neugierig, der wieder seinen Eintopf löffelt.

»Engel war das.«

»Engel? Ist das sein Nachname? Bist du sicher? Welcher von beiden war das?«

»Der mit den blonden Haaren.«

»Wirklich? Und der andere?«

Basti geht auf meine Frage nicht ein und springt von seinem Stuhl auf. »Gehen wir jetzt zu Boris und Doris, Maya?«

»Na hör mal, ich muss doch auch was essen, oder? Du musst schon noch warten, bis ich fertig bin.«

Ich schiebe mir ein Stück Brot in den Mund und kratze mit dem Löffel den letzten Rest Eintopf aus dem Teller. Weil ich immer noch Hunger habe, gehe ich in die Speisekammer und entdecke dort in einer Obstschale eine einsame Banane. Die stopfe ich mir schnell in den Mund, damit der kleine Vielfraß davon nicht auch noch was abhaben will.

Natürlich ist der Schlingel schon längst aus dem Esszimmer verschwunden, als ich aus der Speisekammer zurückkomme.

»Basti?«, rufe ich durchs Haus. »Bist du schon oben?«

Ich trampele die Treppe hoch ins Dachgeschoss, reiße die Kinderzimmertür auf und sehe meinen Lieblingsstiefbruder, wie er vor dem leeren, zweistöckigen Meerschweinchenkäfig kniet. Der Parkettboden ist über und über mit der verschmutzten Streu bedeckt und die beiden Meerschweinchen sausen vergnügt zwischen Stofftieren, Holzeisenbahn und Bauklötzen herum.

»Ich hab schon mal angefangen!«, erklärt Basti stolz und strahlt über das ganze Gesicht.

»Mann, Basti!«, sage ich sauer. »Was meinst du, wie lange das jetzt dauert, bis ich alles wieder sauber gemacht habe. Hättest du nicht auf mich warten können?«

»Nein«, antwortet Basti bestimmt. »Kalle hat mir gesagt, dass Boris und Doris Platz wollen.«

»So, hat er das«, sage ich grimmig und beschließe, Kalle noch vor dem Abendessen eine gehörige Standpauke zu verpassen und ihm mitzuteilen, dass er sich gefälligst selbst um seine abgelegten Meerschweinchen kümmern soll, die angeblich so viel Platz brauchen.

platzwechsel

»Diese Mathe-Ex war echt so was von fies«, schimpft Winni und sieht sich auf dem Pausenhof um. Sie trägt ein knallenges weißes T-Shirt, das ihre makellose Figur betont, und ihr hellblonder Pferdeschwanz wippt bei jedem Schritt auf und ab.

»Konnte doch keiner ahnen, dass er eine schreiben lässt«, findet ihre dunkelhaarige Freundin Mona. Mit ihrem Kurzhaarschnitt sieht sie aus wie einer Modezeitschrift entsprungen, eigentlich gar nicht so, wie man sich ein Provinzei normalerweise vorstellt.

»Bei dem muss man echt jeden Tag damit rechnen«, schnaubt Winni verärgert und schiebt sich einen Kaugummi in den Mund.

Ihre Fangemeinde gibt ihr recht und regt sich lautstark über den Mathelehrer auf.

Ich halte als die Neue in der Klasse besser die Klappe. Ganz zufällig bin ich heute in der Pause in diese Clique geraten und lausche den Gesprächen meiner Klassenkameradinnen, die sich um Mathenoten, Klamotten und die nächste Party drehen, zu der ich als Neuling natürlich nicht eingeladen bin.

Gelangweilt kaue ich mein Pausenbrot und lasse dabei den Blick über den Schulhof schweifen.

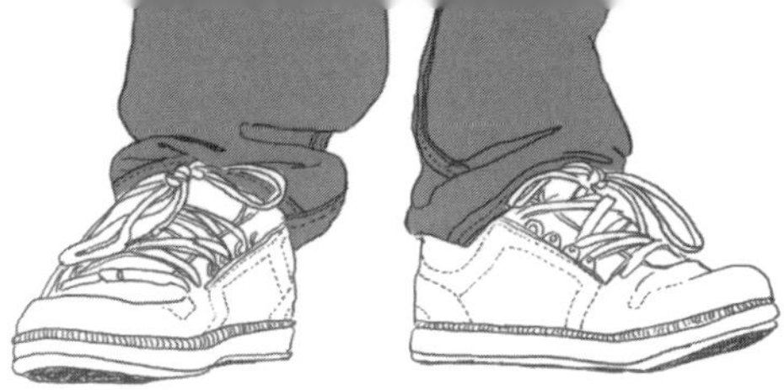

Neben dem Eingang steht eine Gruppe älterer Jungs, in deren Mitte ich meinen »Mitbewohner« Tom entdecke. Er scheint beliebt und ausgesprochen guter Laune zu sein. Ein Mädchen aus meiner Parallelklasse macht sich auffällig an ihn heran und hört nicht auf ihn anzuhimmeln.

An der Tischtennisplatte haben sich die Jungs aus der 8a versammelt. Kalle ist auch da, unübersehbar mit seiner knallroten Sportjacke, und albert mit anderen vorpubertären Knaben herum.

Was habe ich mich gestern über ihn geärgert!

»Mann, Maya, du Trantüte, stell dich doch nicht so an!«, war alles, was ihm einfiel, als ich mit großer Anstrengung, aber leider vergeblich versuchte, Boris hinter dem Schrank hervorzulocken und in den frisch geputzten Meerschweinchenkäfig zu setzen.

Ich sei ja voll unpraktisch, musste ich mir anhören, eine Gefahr für jedes Haustier. Grrr!

Obwohl innerlich wütend, machte ich auf cool und ließ sein Gelaber mit zusammengebissenen Zähnen an mir abprallen, bis er sagte: »Aber vielleicht hast du ja andere Qualitäten«, und mir völlig unerwartet mein T-Shirt ein Stück anhob, um meinen Bauchnabel zu begutachten.

»Wo ist denn das Piercing?«, fragte er frech. »Hast du das wieder entfernt?«

»Sag mal, hast du sie nicht mehr alle«, brüllte ich ihn an und schubste ihn weg, bis er mit einem beschwichtigenden »sorry, sorry« kleinlaut in seinem Zimmer verschwand.

Jetzt ist er völlig durchgeknallt, dachte ich, was bildet der sich eigentlich ein?

»Also ich wollte nicht in einer Großstadt wohnen.« Winni reißt mich aus meinen Gedanken. »Schlechte Luft, Lärm, hässliche Hochhäuser, anonyme Kaufhäuser ... überall diese Menschenmassen und diese Hektik! Alle sind so ungeduldig und haben es eilig. Furchtbar! Ich bin immer so froh, wenn ich wieder zurück bin, nachdem wir in der Stadt einkaufen waren. Hier gehe ich viel lieber shoppen.« Sie mustert mich mit einem abschätzenden Blick.

»Wie ist das bei dir, Maya?« Ihre Freundin Mona starrt mich neugierig an.

Ich beiße von meinem Brot ab und weiß nicht, was ich darauf antworten soll. Klar ist es Winnis gutes Recht, anderer Meinung zu sein als ich, aber weiß das Landei überhaupt, wovon es spricht?

Ich werfe einen Blick in ihr Gesicht, das sich leicht gerötet hat, und erkenne an ihren glitzernden Augen und daran, wie sie ihren langen blonden Pferdeschwanz energisch nach hinten wirft, dass ich mir mit einer frechen Antwort ganz bestimmt ihre Feindschaft einhandeln würde. Also verzichte ich darauf, der Königin der Klasse zu widersprechen und rechthaberisch die Vorzüge des Großstadtlebens anzupreisen, sondern sage gar nichts.

»Maya, he, ich hab dich was gefragt!« Mona, Winnis erste Hofdame, erwartet eine Antwort.

»Na ja, ich habe jedenfalls gern in der Stadt gewohnt«, murmele ich.

»Und hier nicht?«, bohrt Mona weiter nach.

»Na ja, ich weiß es noch nicht so genau ... Bin ja noch nicht lange da«

»Phh«, macht Winni in verächtlichem Ton und wendet sich ein Stück von mir ab. »Sie findet es hier doch langweilig ...«

»Wirklich?«, fragt Mona neugierig.

Winni antwortet für mich: »Sie denkt, unsere Stadt ist ein olles Kaff. Das weiß ich von meinem Bruder, er ist ein Freund von Tom.«

Ich spitze die Ohren. Sie kennt also meinen Stiefbruder?

»Echt? Gefällt es dir denn hier gar nicht?«, mischt sich Emily, eine mollige Brünette, ins Gespräch.

»Na ja, wahrscheinlich muss ich mich einfach noch eingewöhnen«, antworte ich möglichst diplomatisch und komme mir dabei vor wie meine Mutter.

Winni und ihre weiblichen Fans wechseln gelangweilt das Thema und stecken die Köpfe zusammen. Ich atme auf.

»Hast du die selbst gestrickt?«, fragt Emily. Sie hat unauffällige glatte mausbraune Haare und auffallend rote Wangen.

»Die Mütze, meine ich ...«, sagt sie und deutet auf meinen Kopf.

»Gehäkelt«, antworte ich. »Aber die da ...« Ich deute auf meine Pulswärmer, »die sind gestrickt.«

»Cool. Ich kann leider weder häkeln noch stricken, da habe ich blöderweise zwei linke Hände«, erklärt Emily mir und beißt genüsslich in ihren Apfel, als sich plötzlich die Jungstruppe rund um Mark Colling zu uns beiden gesellt. Sofort fühle ich mich unbehaglich, vor allem weil die Jungs genau hinter uns stehen bleiben. Eigentlich müsste ich mich ja schon daran gewöhnt haben, als Neuling in der Klasse ständig angeglotzt und begutachtet zu werden, aber es ist mir immer noch saupeinlich.

»Nick hat recht. Sie könnte es wirklich sein«, höre ich Mark hinter mir sagen. Als ich mich umdrehe, landet sein Blick auf meiner Mütze und wandert von dort den Bauch entlang bis zur Schuhspitze.

»Alles andere kann man nicht so richtig beurteilen«, flüstert sein Freund, ein Schwarzhaariger mit Gelfrisur, dessen Name mir gerade nicht einfällt. Es ist mir unangenehm, wie er mich abcheckt und sein Blick auffallend lange auf meinem Bauch verweilt.

»Also mir kommt sie etwas zu dünn vor«, höre ich den Dicken mit den langen strähnigen Haaren sagen.

»Meint ihr Maya, oder wen?«, fragt Emily mit piepsiger Stimme, aber kein Mensch antwortet ihr, und auch ich bringe einfach kein Wort heraus.

»Es muss *die* Maya sein. Hundertprozentig!«, flüstert Nick.

»Ihren Bauch sieht man allerdings nicht«, kichert der Dicke.

Ich spüre, wie ich noch röter werde. Was wollen die von mir? Wovon reden die eigentlich?

»Komm, wir gehen, die verhalten sich irgendwie seltsam ...«, flüstert Emily, aber meine Beine fühlen sich an, als ob sie auf dem Pausenhof festgewachsen seien.

»Wie ging's dir eigentlich in der Ex?« Wilhelm, das bebrillte Mathegenie, tritt neben mich.

»Mies«, antworte ich, dankbar, dass ich endlich mal direkt angesprochen und nicht nur begutachtet werde. »Ich denke, ich hab 'ne Fünf. Ich hatte gestern keine Zeit mehr, irgendeine Übungsaufgabe zu rechnen.«

»Ja klar, sie war mit ihrem Piercing beschäftigt!«, höre ich den Schwarzhaarigen flüstern. Er grinst mich frech an.

Ich laufe rot an und mir wird immer unbehaglicher. Wovon reden die bloß??

»Oh, das ist Pech«, sagt Wilhelm freundlich. »Das mit der Mathe-Ex. Aber wenn du willst, kann ich dir helfen, wenn du mal wieder Probleme in Mathe hast ...«

»Das würde dir wohl so passen, Wilhelm!«, kreischt Nick und boxt ihn feixend in die Rippen. Wilhelm schwankt.

»Hör auf!«, ruft er und hält abwehrend die Arme in die Luft. Da schubst ihn David von der Seite, bis Wilhelm stolpert, das Gleichgewicht verliert und in meinen Armen landet.

»Das neue Traumpaar!«, schreit Nick so laut, dass es der gesamte Pausenhof hören kann.

»Voll der Brüller! Hat jemand ein Handy?« Mark lacht lautstark. »Das müsste man echt fotografieren und ins Internet stellen.«

Ausgerechnet Winni, die blöde Kuh, befreit mich aus der oberpeinlichen Situation, indem sie ruft: »Leute schwingt endlich die Hufe und kommt ins Klassenzimmer! Ich hab echt keinen Bock, mir schon wieder Hartmanns Meckereien anzuhören oder eine Strafarbeit wegen euch schreiben zu müssen!«

Wilhelm mischt sich unter die Jungsclique, und ich trotte erleichtert hinter Winni und den übrigen Mädchen her, bis wir im Klassenzimmer angelangt sind. Dort lasse ich mich auf meinem Platz in der hintersten Bank nieder und angele mein Bioheft aus der Schultasche, als auch schon Herr Hartmann, unser Biolehrer, erscheint.

Er stellt sich sofort vor die Tafel und beginnt mit einem langweiligen Vortrag über Bäume, prima zum Dösen und Träumen.

Ich stütze mit der Hand mein Kinn ab, starre in die Ferne und führe mir in Gedanken noch einmal die Szene mit den Jungs auf dem Schulhof vor Augen.

Es war wirklich seltsam, wie sich die vier so an mich herangemacht haben. Sie kennen mich doch kaum, aber sie tun so, als führe ich ein geheimnisvolles Doppelleben. Warum haben sie meinen Bauch so auffällig angestarrt? Und was für ein Piercing meinten sie? Ich hab doch gar keins!

Jede Wette, dass meine Stiefbrüder Tom und Kalle irgendwelche falschen Geschichten über mich erzählt haben! Die beiden spielen vor meiner Mutter immer die Unschuldslämmer, dabei haben sie es faustdick hinter den Ohren. Ich habe es doch die ganze Zeit schon gewusst! Ob ich das Mama oder Papa petzen sollte ...?

»Maya!« Ich schrecke aus meinen Gedanken auf. Hat mich Herr Hartmann etwas gefragt?

»Äh, können Sie Ihre Frage bitte noch einmal wiederholen?«, stottere ich und schaue verzweifelt an die Tafel, um herauszufinden, um was es geht.

»Kann es sein, dass du schläfst?«, fragt Herr Hartmann. »Oder auf Wolke sieben schwebst?«

Die anderen kichern und schauen alle zu mir her.

»Nein!«, protestiere ich sofort, doch es klingt nicht gerade überzeugend.

»Leider muss ich dich jetzt aus deinen rosa Träumen reißen«, sagt Herr Hartmann streng. »Würdest du dich bitte nach vorne setzen, Maya? Am besten in die erste Reihe, hier neben Emily.

Da habe ich dich besser im Blick, wenn du vor dich hinträumst.«

»Jetzt sofort?«, frage ich verwirrt. Die Jungs feixen.

»Ja, ja, ja«, drängt Herr Hartmann. »Jetzt sofort.«

»Der Platz hier vorne ist ganz okay«, flüstert Emily, meine neue Banknachbarin, mir zu, als ich meine Bücher und Hefte ablege. »Man wird nämlich meistens übersehen.«

Sie scheint sich riesig zu freuen, dass ich neben ihr sitze. Ich dagegen bin mir noch nicht so sicher, ob es mir vorne in der ersten Bank wirklich gefällt. Während ich versuche, meine Gedanken nicht abschweifen zu lassen und dem Unterricht einigermaßen aufmerksam zu folgen, kritzelt Emily etwas auf einen Zettel und schiebt ihn mir zu.

Kennst du eigentlich Mark Colling und seine Clique schon länger?, lese ich.

Nein!, schreibe ich auf den Zettel und schiebe ihn zu ihr zurück.

Fand ich total komisch, wie sie so über dich geredet haben, steht unter meinem *Nein.*

Allerdings, denke ich und werfe Emily von der Seite einen zustimmenden Blick zu.

Ich vermute, Kalle und Tom stecken dahinter, kritzele ich als Antwort auf den Zettel und reiche ihn unter der Bank weiter.

Mit einer Grimasse teile ich ihr mit, dass Gefahr droht, da Herr Hartmann, der bisher am Pult stand, sich in Richtung Tür bewegt. Gott sei Dank, sie hat es kapiert und behält den Zettel unter der Bank.

»Wer sind denn Kalle und Tom?«, fragt sie nach der Stunde, während sie ihre Schulsachen in ihren Rucksack packt, und ist sehr überrascht, als ich sie aufkläre, dass die beiden meine neuen Stiefbrüder sind, mit denen ich zwangsweise eine WG gründen musste.

»Echt?« Sie sieht mich neugierig an. »Und das sind jetzt wirklich deine Brüder?«

»Na ja, meine angeheirateten Brüder. Stiefbrüder. Es gibt wohl leider kein anderes Wort.«

»Patchworkbrüder«, grinst Emily. »Das klingt doch eigentlich gar nicht schlecht. Weißt du, dass ich dich total beneide? Ich habe immer von älteren Brüdern geträumt«, sagt sie. »Aber leider bin ich ein Einzelkind.« Emily zieht eine Grimasse und schnieft.

»Ich wäre auch lieber Einzelkind geblieben. Das war wesentlich stressfreier«, sage ich.

»Wieso? Das verstehe ich nicht. Jetzt ist bei euch doch immer was los und du bist nicht mehr so allein.«

»Hast du ’ne Ahnung!«, protestiere ich, »wer sagt denn, dass ich einsam war? Ich hatte viele Freundinnen, war ständig unterwegs, und wenn ich allein sein wollte, hatte ich meine Ruhe. Jetzt wohne ich in einem Kaff und zu Hause habe ich nirgendwo eine Rückzugsmöglichkeit. Immer stört irgendwer und latscht in mein Zimmer ...«

»Verstehe.« Emily legt mir zaghaft die Hand auf die Schulter. »Aber ... Ich meine ... Wenn dir mal langweilig ist, kannst du mich gerne anrufen.« Sie kritzelt schnell eine Nummer auf einen Zettel und reicht ihn mir.

»Danke, das ist nett«, antworte ich, obwohl ich mich eigentlich ein bisschen bedrängt fühle. Ich bin mir nicht sicher, ob ich sie wirklich näher kennenlernen will.

»Aber es ist so ... Telefonieren kann ich vorläufig noch nicht«, wende ich ein.

»Hm.« Emily presst die Lippen aufeinander und schaut mich fragend an.

»Ich meine, irgendwann schon«, verbessere ich mich. »Aber erst muss die Telekom die Leitung einrichten oder mir muss jemand eine neue Handykarte schenken. Ich bin nämlich absolut pleite.«

»Ach so ... Ich dachte schon ...« Emilys Miene hellt sich wieder etwas auf. Wir traben nebeneinander die Treppe im Schulhaus hinunter.

»Und du glaubst wirklich, dass deine Stiefbrüder Gerüchte über dich verbreiten? Über dich herziehen? So voll fies?«, fragt sie neugierig.

»Ich weiß es nicht«, meine ich. »Es ist zumindest nicht auszuschließen.«

»Aber warum?«, fragt Emily und legt mir die Hand erneut auf die Schulter. »Warum sollten sie so was tun?«

»Das würde ich auch gern wissen«, brumme ich finster, als wir vor dem Eingang stehen, »und ich finde es heraus.«

ein dreister Vorschlag

Zu Hause sehe ich mal wieder erwartungsvoll im Briefkasten nach, ob ich Post bekommen habe. Doch außer ein paar Briefen und Rechnungen für Mama und Jens ist nichts geschickt worden.

Ich bin total enttäuscht. Wenigstens Klara hätte doch antworten können. Was ist mit ihr los? Hat sie mich ganz abgeschrieben?

Vor Kurzem noch waren wir dicke Freundinnen und haben uns mindestens zweimal pro Woche getroffen. Ich habe sie bei der Wahl der Kleider beraten, als sie ihr erstes Date hatte, und sie hat mich cool geschminkt, bevor wir zusammen ins Kino oder auf eine Party gegangen sind. Mit ihr konnte man so richtig schön kichern, über Jungs herziehen und den neuesten Schulklatsch ausgiebig erörtern. Kurzum, sie fehlt mir, und es gibt mir einen Stich in den Bauch, wenn ich daran denke, dass *sie* mich kein bisschen zu vermissen scheint.

Als ich vor dem Hauseingang stehe, hole ich den Schlüssel aus meiner Tasche und öffne die Tür. Beim Eintreten höre ich schon in der Diele, wie Mama wild mit den Töpfen in der Küche hantiert und auf Basti einredet.

Ich lasse meine Schultasche im Flur fallen, ziehe meine Jacke und meine Turnschuhe aus, schlüpfe in meine Hausschuhe und schlappe in die Küche.

»Hi«, begrüße ich die beiden.

»Oh, Maya-Schatz, gut dass du da bist!«, sagt Mama.

Ich lasse mich auf einen Stuhl fallen und stupse Basti, der neben mir sitzt, an die Nase.

»Na, Kleiner, wie war's heute im Kindergarten?«

»Schau mal, ich hab ein Gipsbein!«, ruft er fröhlich.

»Ein Gipsbein?« Jetzt erst sehe ich, dass sein Fuß bandagiert ist und sein Bein ausgestreckt auf einem zweiten Stuhl liegt.

»Wir waren heute im Krankenhaus«, berichtet er stolz und spielt mit seinem Löffel, bis dieser herunterfällt. Ich hebe ihn wieder auf.

»Was ist denn passiert?«, frage ich Mama.

»Er ist im Kindergarten von einem Gerüst gefallen und hat sich den Fuß verstaucht. Gebrochen ist er nicht, zum Glück. Aber damit das Bein geschont wird, hat man es bandagiert. Er sagt ›Gipsbein‹ zu dem Verband. Nicht wahr, Basti?«

Der Kleine nickt.

»Mann, Basti, da warst du ja ganz schön tapfer.« Ich streiche über seinen Lockenschopf.

»Geweint hat er schon, aber das darf man auch, wenn's weh tut«, sagt Mama und deckt den Tisch.

Der Geruch von Gemüse mit Tomatensoße durchzieht die Küche, und ich spüre meinen Magen, der sich wie ein leeres Loch anfühlt. Während Mama die Nudeln abgießt, hole ich Mineralwasser aus dem Keller und stelle Gläser auf den Tisch.

»Aber laufen darf er trotzdem?«, frage ich, als wir zu dritt am Tisch sitzen und Mama den Salat austeilt.

»Ja, aber nur wenig. Zu Hause soll er möglichst viel liegen oder sitzen und Treppensteigen darf er eigentlich überhaupt nicht.«

Ich gieße Mineralwasser in ihr Glas und nehme selbst einen Schluck.

»Aber wie kommt er dann in sein Zimmer?«, frage ich.

Doch anstatt mir eine Antwort zu geben, verteilt sie Nudeln und Gemüsesoße auf die Teller und stellt sie auf den Tisch.

»Ja, da haben wir schon das nächste Problem. Darum wollte ich mit dir sprechen, Maya«, sagt sie, nachdem sie sich auf einen Stuhl gesetzt hat. Sie schaut mich prüfend an.

Ich spieße gerade ein Paprikastückchen auf und mache ein abwehrendes Gesicht. Sie denkt doch hoffentlich nicht das, was ich jetzt denke.

»Na dann frag doch endlich«, sage ich, als sie immer noch nichts sagt, und schiebe die Gabel in den Mund.

»Also ... Es ist so ... Könntest du vielleicht das Zimmer mit Basti tauschen? Zumindest für die nächste Zeit.«

Also doch! Direkt steigt der Ärger in mir auf. Ich kaue auf meinen Nudeln und sage erst einmal nichts.

»Dein Zimmer liegt im Obergeschoss, neben unserem Schlafzimmer. Wenn das Bastis Zimmer wäre, wäre das für uns alle im Moment schon praktischer, ehrlich gesagt. Zum Beispiel, wenn er nachts aufs Klo muss und Hilfe braucht, wären wir gleich da ...«

Ich starre auf meinen Teller und kaue verbissen. Jetzt ist schon wieder mein Tag versaut.

»Dein Zimmer ist ja noch nicht fertig eingerichtet. Bastis auch nicht. Ihr könnt also durchaus noch tauschen. Schau dir sein Zimmer einfach mal an. Es ist sogar ein bisschen größer als deines und sehr hell.«

»Aber es liegt unter dem Dach, neben den Zimmern von Tom und Kalle!«, platze ich heraus.

»Ist das denn ein Problem für dich? Die beiden sind doch sehr nett«, meint Mama und sieht so verwundert aus, dass ich merke, dass sie wirklich rein gar nichts versteht.

»Nee, die Jungs sind immer so laut und bekommen ständig Besuch ... Außerdem ist es in dem Zimmer auch im Sommer sicherlich total heiß«, jammere ich.

»Ach komm. Sag den Jungs, dass sie leiser sein sollen, und mach deine Tür zu, dann hast du deine Ruhe. Und wir kaufen dir eine Jalousie.« Für Mama ist immer alles ganz einfach.

»Und das Bad? Soll ich etwa dasselbe Bad benutzen wie die beiden? Das geht gar nicht!«

Der Gedanke daran ist mir wirklich unangenehm. Man muss sich nur mal vorstellen, dass ich nackt aus der Dusche steige und Tom kommt ins Bad, weil ich vergessen habe abzuschließen. Wie peinlich! Ich meine, ich bin ja nicht gerade verklemmt, aber wer will schon einem wildfremden Jungen seinen Busen zeigen, noch dazu wenn der noch ziemlich klein ist.

»Du kannst auch im unteren Bad duschen oder baden, wenn dir das besser gefällt.«

»Und nackt durchs Treppenhaus wandern, oder was ...«, fauche ich entrüstet.

»Es gibt ja auch Bademäntel, Maya!«, sagt Mama genervt und verdreht die Augen.

»Du kannst meinen Bademantel haben, Maya. Ich leih ihn dir gerne aus!«, ruft Basti, aber diesmal muss ich nicht lachen.

»Ein eigenes Badezimmer kann ich dir leider nicht bieten, Maya«, sagt Mama, während sie Bastis Teller noch einmal füllt. Meine Augen füllen sich mit Tränen. Habe ich etwas von einem eigenen Badezimmer gesagt?

»Du verstehst mich überhaupt nicht! Aber ich ziehe eh bald aus!«, rufe ich. Ich will gerade aus der Küche stürmen, als ich Jens in die Arme laufe.

»Was ist denn hier los?«, fragt er verwundert.

»Lass mich!«, schluchze ich und will mich an ihm vorbeidrängen.

»Du bleibst bitte da, Maya. Wir besprechen das jetzt gemeinsam mit Jens«, sagt Mama und schiebt mich wieder auf meinen Stuhl, wo ich mir die Tränen aus den Augen wische und die Nase putze, denn es ist mir sehr peinlich, vor Jens zu heulen. Aber als Basti mich mit seinen winzigen Patschhändchen am Ohr streichelt, werden meine unzuverlässigen Augen schon wieder feucht.

»Dann schießt mal los!«, meint Jens und gießt, ohne mich zu fragen, Mineralwasser in mein Glas. Dann wendet er sich Basti zu. »Und deinem Bein geht's jetzt wieder gut, Sohnemann?«

Basti nickt und Jens wischt ihm mit einer Serviette den rot verschmierten Mund ab.

Mama wendet sich an Jens und sagt: »Maya will ihr altes Zimmer behalten und nicht mit Basti tauschen.«

»Das habe ich so nicht gesagt«, entrüste ich mich.

»Nein?«, fragt Mama. »Na ja, dann ist doch alles geklärt.«

Merkt sie nicht, dass überhaupt nichts geklärt ist?

»Wirklich, Maya?« Jens sieht mich fragend an.

»Wenn Mama das sagt ...«, antworte ich schnippisch. Ich

habe keine Lust, Jens meine Probleme mit dem gemeinsamen Badezimmer und seinen doofen Söhnen zu erklären.

»Ihr könnt ja noch mal darüber sprechen, wie wir das regeln mit dem Umzug im Haus«, sagt Mama und zieht ihre Schürze aus. »Ich muss leider gleich zum Unterricht. Räumt ihr dann noch den Tisch ab?«

»Ja, machen wir«, sagt Jens, »aber nicht sofort. Immer mit der Ruhe.« Er sieht mich lächelnd an, aber ich falle auf seine Schleimtour nicht herein.

»Ich muss noch Hausaufgaben machen ...«, lüge ich, denn ich habe keinen Bock, mich mit ihm zu unterhalten.

»Also, bis heute Abend!«, ruft Mama aus der Diele. »Bin schon viel zu spät dran!«

Ich höre, wie die Haustür ins Schloss fällt.

Jens holt ein Bilderbuch, das auf der Küchenkommode liegt, und nimmt Basti auf den Schoß, der die erste Seite aufklappt und sofort kommentiert.

»Finde ich echt toll von dir, Maya, dass du das Zimmer mit Basti tauschst, das erleichtert uns vieles«, sagt Jens, während er mit einem Röntgenblick mein Gesicht mustert. »Weißt du denn schon, wie du es einrichten willst?«

Ich schweige. Was soll ich auch schon sagen, hier wird ja sowieso ständig über mich bestimmt.

»Wenn du willst, kann ich am Samstag mit dir zu Ikea fahren, dann kannst du dir schöne Möbel für dein Zimmer aussuchen. Ich zahle sie dir gerne. Oder magst du lieber was vom Flohmarkt?« Ich merke, dass er sich bemüht, sich mit mir anzufreunden.

»Du sollst mir doch was vorlesen, Papa!« Basti wird langsam

ungeduldig und ich will auch in mein Zimmer gehen und meine Ruhe haben.

»Kalle und Tom helfen dir auf jeden Fall beim Umzug«, sagt Jens, als jemand die Haustür aufschließt. »Hör mal ... Das sind sie doch, oder? Dann können wir sie ja gleich mal fragen, wann sie Zeit haben. Kalle? Tom?« Seine Stimme wird lauter.

»Ja, was ist los?« Die beiden schlappen in die Küche und bleiben vor dem Kühlschrank stehen.

»Wir haben nach dem Training schon in der Cafeteria was gegessen«, erklärt Tom.

»Ich hab ein Gipsbein!«, brüllt Basti, und Jens erklärt seinen Söhnen, was passiert ist.

Ich komme mir völlig überflüssig vor und will gerade aufstehen, als Jens sagt: »Heute oder morgen Abend ist Zimmerwechsel. Maya und Basti tauschen ihre Zimmer. Maya wird also demnächst oben bei euch wohnen, klar? Und ihr benehmt euch ihr gegenüber hoffentlich anständig!«

»Wenn's sein muss«, grinst Kalle, »und wenn sie uns nicht belästigt.«

»Na dann, auf gute Nachbarschaft!«, sagt Tom und er klingt dabei voll scheinheilig.

»Maya kriegt meinen Bademantel«, mischt sich Basti ein, was die anderen zum Lachen bringt.

»Wieso das denn?«, fragt Kalle.

»Sie will nicht mit euch duschen«, antwortet Basti, der mich allmählich auch sauer macht. Die Jungs lachen laut auf.

»Maya kann gerne alleine duschen«, meint Tom und wirft mir einen belustigten Blick zu.

»Du kannst ihr ja deine Schwimmente leihen, Basti. Dann ist

sie nicht so alleine!« Kalle grinst mich frech an. Jens wirft ihm einen strafenden Blick zu.

Basti zieht an Jens' Hemd und mault: »Du sollst mir endlich vorlesen, Papa.«

»Ich geh dann mal«, sage ich genervt und gehe zur Tür.

»Warte!«, ruft Tom, als ich in der Diele meine Schultasche schnappe und die Treppe hochgehe. »Ich muss dich noch was fragen ...« Vor meinem Zimmer stehend drehe ich mich zu ihm um.

»Ich weiß nicht, was wir zwei zu bereden hätten«, sage ich patzig und drücke die Türklinke.

»Na ja, ich dachte, du könntest mich vielleicht beraten ...«

»Beraten?« Will er mich wieder verarschen?

»Na ja, was das Outfit anbelangt. Ich habe da zwei neue T-Shirts ... Warte, ich hole sie mal schnell.« Er trampelt die Treppe ins Dachgeschoss hoch und kommt kurze Zeit später mit zwei Shirts zurück.

»Schau mal ...« Er hält sich beide T-Shirts nacheinander vor den Oberkörper. »Welches findest du besser?«

»Warum interessiert dich das?«, frage ich misstrauisch.

»Na ja, du bist ein Mädchen ...«

»Ja und?«

»Mann, checkst du's nicht, ich habe da eine wichtige Verabredung ...«

»Was geht mich das an?«

»Sag mal, was ist denn mit dir los? Immerhin wohnen wir zusammen. Du bist jetzt irgendwie so was wie meine Schwester, das dachte ich jedenfalls. Da könntest du mir doch mal helfen!«

»Leider bin ich jetzt deine Schwester.« Ich packe demonstrativ meine Schultasche aus und lege Bücher und Hefte auf den Schreibtisch.

»Hab ich dir was getan?«, fragt Tom stirnrunzelnd und klemmt seine T-Shirts wieder unter den Arm.

»Tu nicht so unschuldig, denk lieber mal nach«, antworte ich patzig.

»Ich weiß überhaupt nicht, wovon du sprichst.«

»Ihr wart es doch wohl, die diese Gerüchte über mich in die Welt gesetzt habt, oder?!«, platze ich heraus.

»Gerüchte? Welche Gerüchte«, fragt Tom stinkig. »Ich soll Gerüchte über dich in die Welt gesetzt haben? Du hast sie wohl nicht alle ... Voll die Paranoia, oder was ...«

Er geht zur Tür und trampelt nach oben in sein Zimmer.

Ich schließe die Tür und setze mich dann an den Schreibtisch. Warum habe ich überhaupt etwas zu ihm gesagt? Jetzt fühle ich mich noch blöder als vorher.

Nachdem ich eine Weile sauer aus dem Fenster gestarrt habe, weiß ich plötzlich, was zu tun ist. Es gibt keine andere Lösung als auszuziehen. Natürlich habe ich nicht vor, heimlich meinen Rucksack zu packen und ohne Plan in einer Nacht- und Nebelaktion abzuhauen. Wer will schon als Straßenkind enden? Nein, ich werde das Ganze überlegt und organisiert angehen. Ganz gezielt, mir wird schon was einfallen. Schließlich gibt es ja auch noch Papa! Am besten, ich schreibe ihm gleich einen weiteren Brief ...

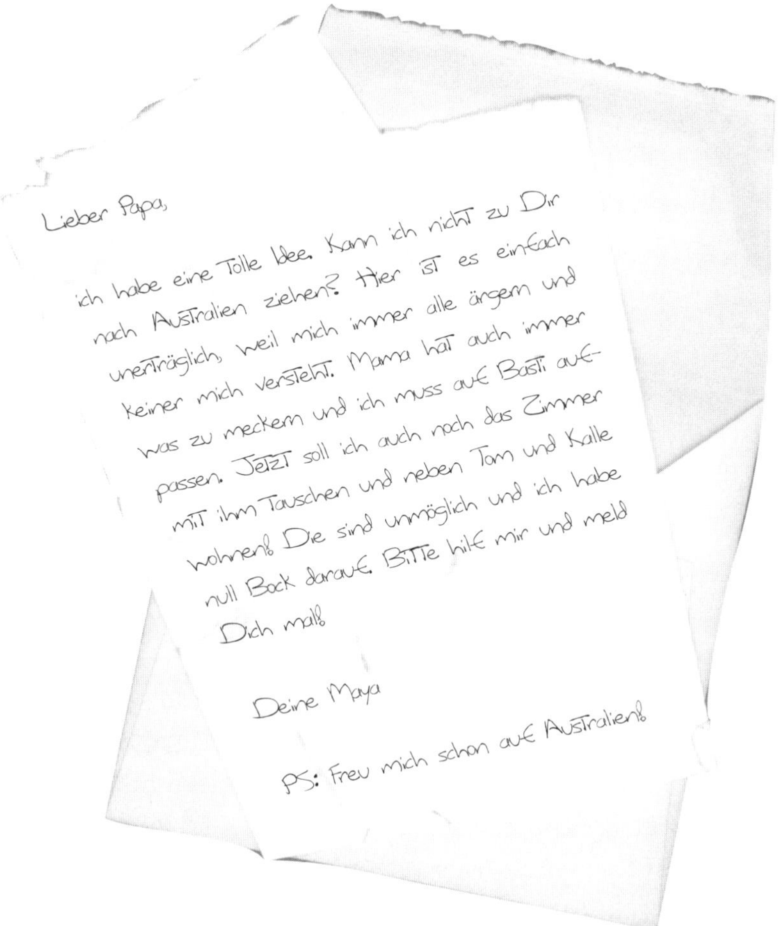

Lieber Papa,

ich habe eine Tolle Idee. Kann ich nicht zu Dir nach Australien ziehen? Hier ist es einfach unerträglich, weil mich immer alle ärgern und keiner mich versteht. Mama hat auch immer was zu meckern und ich muss auf Basti aufpassen. Jetzt soll ich auch noch das Zimmer mit ihm Tauschen und neben Tom und Kalle wohnen! Die sind unmöglich und ich habe null Bock darauf. Bitte hilf mir und meld Dich mal!

Deine Maya

PS: Freu mich schon auf Australien!

Als ich den Brief noch einmal lese, klingt er so dämlich, dass ich ihn zusammenknülle und in den Papierkorb schmeiße. Nein, das kann ich Papa nicht schreiben. Was soll er sonst von mir denken?

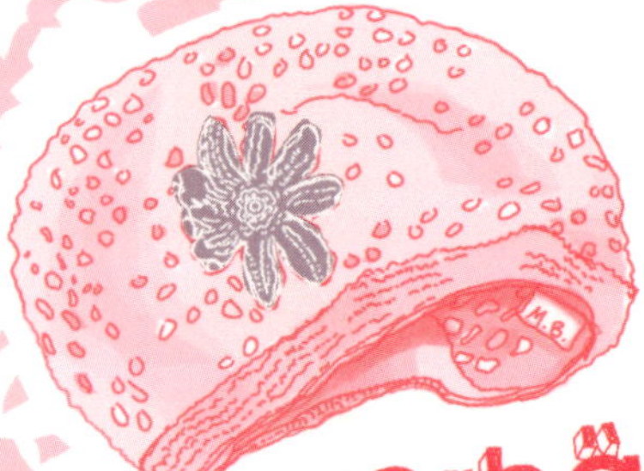

ein verhängnisvolles los

»Geht's dir nicht gut? Du siehst irgendwie so müde und fertig aus«, sagt Emily, der ich am Montag zufällig auf dem Schulweg begegnet bin.

»Bin auch müde. Hab nur sechs Stunden geschlafen.« Ich öffne die Eingangstür zum Schulhaus und laufe neben Emily die Treppe hoch ins Klassenzimmer.

»Warst du gestern Abend aus, oder was?«, fragt sie ziemlich neugierig.

»Nein, aber ich konnte einfach nicht schlafen, der Vollmond, ich weiß auch nicht ...« Ich habe keine Lust, von meinem Frust zu Hause zu erzählen, und ich bin froh, dass sie nicht weiter nachbohrt. Im Klassenzimmer setzen wir uns an unseren Platz in die erste Bank, und kaum haben wir unsere Sachen ausgepackt, erscheint auch schon Frau Müller, unsere Geschichtslehrerin.

»Heute wollen wir über die Projektwoche reden«, kündigt sie an. »Thema ist dieses Jahr die Römerzeit.«

»Die Römer?«, fragt Nick, »Gladiatoren und so?«

»Ganz genau«, antwortet Frau Müller und geht vor der Tafel auf und ab. »Wir werden Arbeitsgruppen bilden und jede wird ein bestimmtes Unterthema bearbeiten. Welche Themen es gibt, schreibe ich gleich an die Tafel.«

»Aus wie vielen Schülern besteht denn eine Gruppe?«, will David wissen.

»Fünf«, antwortet Frau Müller, »und jedes Gruppenmitglied ist mitverantwortlich für die ganze Gruppe, denn alle bekommen eine Note für ihre Aktionen und Referate.«

»Können wir die Zusammensetzung der Gruppen selbst bestimmen?«, fragt Mark Colling.

»Nein, diesmal nicht«, erklärt Frau Müller. »Sonst setzen sich wieder die alten Cliquen zusammen, und das will ich vermeiden. Nein, wir losen die Gruppen aus.«

»Find ich aber nicht gut«, mault Winni.

»Hoffentlich sind in unserer Gruppe keine Jungs«, flüstert Emily und verzieht das Gesicht.

»Hier in diesem Korb sind die Lose. Jeder nimmt sich eins.« Frau Müller geht durch die Bankreihen.

»Auf jedem Los steht eine Zahl mit einer Nummer, die einem bestimmten Unterthema zugeordnet ist. Gruppe eins beschäftigt sich zum Beispiel mit der Stadt Rom und ihrer Gründung.« Alle reden durcheinander und hören Frau Müller gar nicht zu.

»Wer hat noch die Nummer drei?«, ruft Mark in die Runde, der sein Los bereits aufgefaltet hat.

»Ich!«, ruft Nick, »super!«

»Ich habe auch die drei!«, verkündet Wilhelm.

»Ich auch! Grandios!«, grinst David.

»Also das gibt's doch nicht«, sagt Winni. »Habt ihr gemogelt oder warum seid ihr alle zusammen in einer Gruppe?«

»Spinnst du? Wir haben eben Glück, was Mark?«, ruft David.

»Ich habe die zwei«, sagt Emily. »Und du, Maya?«
Ich falte mein Los auseinander.
»Oh nein, ausgerechnet!«, stöhne ich, als ich die Nummer drei lese. »Das darf doch wohl nicht wahr sein!«
»Du tust mir echt leid«, sagt Emily, als sie einen Blick auf meine Zahl geworfen hat. »Mit vier Jungs in einer Gruppe, als einziges Mädchen! Einzeln sind sie ja vielleicht noch erträglich, aber zu viert? Der Horror!«
»Und ausgerechnet diese Jungs ...«, sage ich grimmig.
»So, jetzt aber Ruhe bitte!« Frau Müller klopft auf das Pult, um sich Gehör zu verschaffen. »Haben sich die einzelnen Gruppen gefunden?«
»Bei uns fehlt einer!«, ruft Mark. »Wer hat noch die Gruppennummer drei?«
»Hier«, melde ich mich, strecke den Arm lustlos in die Luft und versuche, möglichst cool zu klingen.
»Maya?« Mark und seine Freunde starren zu mir her und grinsen. »Wirklich?«
»Ja.« Ich halte meinen Zettel hoch.
»Na ja, hätte schlimmer kommen können, was Jungs?«, grinst David und wirft seinen Freunden einen vielsagenden Blick zu, der mich natürlich völlig verunsichert.
»Das wird sich noch zeigen«, meint Mark und setzt sein Angebergrinsen auf.
»Psst! Ruhe!«, schreit Frau Müller und klatscht in die Hände. »Schaut bitte zur Tafel und lest die Themen der einzelnen Gruppen.«
»Gruppe drei: ›Römische Kleidung‹«, sagt Nick. »Mann, das ist doch öde. Voll das Mädchenthema.« David ist auch frustriert.

»Muss das sein?«, fragt David. »Können wir nicht vielleicht tauschen, Frau Müller?«

»Ganz bestimmt nicht. Jedes Thema ist interessant, das werdet ihr noch merken. Also, hier sind die Aufgaben.« Sie verteilt an jeden Schüler Doppelbögen mit Texten, Literaturangaben, Internetadressen und Fragen, die jede Gruppe für ihr Thema lösen muss.

»Und vergesst nicht, jede Gruppe muss ein Referat erarbeiten.«

Emilys Gruppe, die nur aus Mädchen besteht, beschäftigt sich mit dem Thema »Alltag und Ernährung« in der Römerzeit.

»›Römische Kleidung‹ ist aber auch spannend, oder?«, sagt sie zu mir.

»Fragt sich nur, ob es in dieser Gruppe Spaß macht«, flüstere ich ihr zu.

»Gibt's noch Fragen zur Projektwoche? Gut.« Frau Müller geht wieder an die Tafel und beginnt mit ihrer Einführung des Themas »Zeitalter der römischen Antike«.

Nach der Schule begleite ich Emily noch in die Schulcafeteria. Wir lassen uns an einem Tisch nieder und nippen an einer Bionade. Wir unterhalten uns über die Projektwoche und ich verrate ihr, dass wir in der alten Schule kurz vor meinem Umzug auch eine Römerwoche hatten und dass ich einfach nachschauen werde, ob ich noch die alten Unterlagen finde und sie benutzen kann.

»Hast du eigentlich noch Kontakt zu deiner alten Klasse?« Emilys Frage versetzt mir einen Stich in den Bauch. Es schmerzt einfach, wenn ich daran denke, dass sich Klara noch immer nicht gemeldet hat.

»Ja schon«, lüge ich, »aber im Moment ist es schwierig, so ohne Telefon und Internet.«

»Und deine Mützen nimmst du wohl nie ab?«, fragt Emily und begutachtet neugierig meine Kopfbedeckung. »Nicht einmal im Unterricht!«

»Also, das stimmt so nicht«, protestiere ich.

»Aber sie stehen dir, echt. Sie passen super zu deinen langen braunen Haaren. Irgendwie siehst du damit ein bisschen hippiemäßig aus ... Hast du eigentlich einen Freund? Ich meine, einen, in den du verliebt bist?«

»Nein. Du denn?«

Emily flüstert mir ins Ohr: »Nee, es gibt aber einen, den finde ich toll. Darfst du aber niemandem erzählen!« Ihre Augen leuchten.

»Wer ist es? Kenne ich ihn?«

»Ich glaube kaum. Er heißt Lukas und hat blonde Haare. Er ist eine Klasse über uns. Ich zeig ihn dir mal auf dem Pausenhof. Immer wenn er in der Schule zufällig vorbeikommt oder in meiner Nähe steht, dann kribbelt es total in meinem Bauch. Kennst du das Gefühl?«

Jeff fällt mir ein, ein Junge, den ich in den Sommerferien am Strand von Sydney kennengelernt habe, leider erst einen Tag vor meiner Rückreise. Wir sind barfuß Hand in Hand am Strand entlangspaziert, haben ab und zu eine Pause zum Baden eingelegt und ich habe ihm in meinem radebrechenden Englisch von mir und von Deutschland erzählt. Doch der wunderschöne Nachmittag war viel zu schnell vorbei. Er hat mich noch zu einem Eis eingeladen, dann musste ich schon nach Hause, um zu packen. Zum Abschied hatte er mir seine

Adresse aufgeschrieben, aber ich Idiot habe den Zettel natürlich verloren, und das war's dann.

»Ja, ich glaube, das Gefühl kenne ich«, sage ich und nehme einen Schluck von der Bionade.

»Bist du zurzeit auch verliebt?«, fragt Emily neugierig.

»Nein. Ich kenne hier doch auch gar keine Jungs.«

»Und was ist mit deinen Patchworkbrüdern? Die sehen doch total gut aus.«

»Spinnst du?« Ich tippe an meine Stirn. »Ausgerechnet diese beiden ... Nein, danke.«

»Aber du bist doch so hübsch, du lernst bestimmt ständig Jungs kennen.«

»Ich? Hübsch? Na ja, ich weiß nicht.«

Es schmeichelt mir, dass Emily mich hübsch findet. Ich selbst kann mein Aussehen gar nicht richtig einschätzen. Auf alle Fälle finde ich meine Beine zu dünn und meinen Busen zu klein. Außerdem bin ich ziemlich groß. Schon jetzt überrage ich die meisten Mädchen in meiner Klasse. Wenn ich so weiterwachse, überrage ich sogar bald Papa.

»Mich beachten die Jungs jedenfalls nicht so wie dich«, sagt Emily. »Ich bin einfach zu fett.« Sie klopft auf ihren Bauch. »Muss wohl mal wieder eine Fresspause einlegen.«

»Quatsch, du bist überhaupt nicht fett. Ich wäre froh, wenn ich ein bisschen dicker wäre. Wenn alle ›Bohnenstange‹ zu einem sagen wie in meiner alten Klasse, ist das nicht gerade prikkelnd.«

Emily zuckt mit den Schultern und wechselt das Thema: »Was würdest du eigentlich machen, wenn du verknallt bist und der Typ dich überhaupt nicht beachtet?«

»Hm«, sage ich und kratze mich am Kopf. Spontan fällt mir nichts ein, denn in Sachen Verknalltsein bin ich auch nicht besonders erfahren. Trotzdem denke ich eine Weile nach und fantasiere, weil sie eine Antwort zu erwarten scheint, wild darauf los: »Na ja, man kann seine Telefonnummer herausfinden und ihm eine SMS schicken. Oder ihm einen Zettel mit der eigenen Telefonnummer zustecken. So was in der Art eben.«

Emily hängt wie gebannt an meinen Lippen. Sie hält mich bestimmt für den absoluten Profi in Liebesdingen.

»Meinst du, das ist gut? Soll ich das echt machen? Ich habe aber doch überhaupt keine Ahnung, ob ich ihm gefalle«, fragt sie aufgeregt.

»Das merkst du dann ja«, sage ich und komme mir vor wie eine Ratgebertante aus den Mädchenzeitschriften.

»Trotzdem«, sagt Emily. »Das traue ich mich aber nicht. Wenn ich wüsste, welche Interessen er hat, welche Musik er hört, welche Filme er mag und wie sein Mädchentyp aussieht. Dann vielleicht.«

»Soll ich Detektiv spielen und versuchen, etwas über ihn herauszufinden?«, frage ich, auch wenn ich im Moment noch nicht weiß, wie ich das anstellen soll.

»Würdest du das wirklich tun?« Emily ist ganz entzückt.

»Warum nicht? Ich könnte es ja zumindest mal versuchen.«

»Oh, ich bin so aufgeregt! Hoffentlich treffen wir Lukas bald, dann zeige ich ihn dir! Er ist voll süß!«

wundversorgung

Als ich zwei Tage später von der Schule nach Hause komme, klingelt irgendwo ein Telefon.

»Sag mal, Mama, funktioniert das Telefon etwa?«, rufe ich durchs Haus.

»Ja, heute früh war ein Techniker da«, ruft sie aus der Küche. »Ging schneller, als wir alle dachten. Ich glaube, es klingelt bei euch oben. Kannst du rangehen?«

Hoffnungsfroh rase ich die Treppe hoch – vielleicht ist es für mich –, und tatsächlich, das Klingeln kommt aus meinem Zimmer! Schnell nehme ich den Hörer ab.

»Hallo? Hier ist Maya Bergmann.«

»Wer?« Eine junge weibliche Stimme mit englischem Akzent meldet sich. »Äh, ich weiß nicht, ob ich mich nicht verwählt habe ... Ist das nicht die Nummer von Tom Mertens?«

»Nein. Aber willst du ihn sprechen?«, frage ich.

»Ich ... nein, nein ...«, sagt die Stimme und hat auch schon aufgelegt, bevor ich ein weiteres Wort sagen kann.

»Tom!«, rufe ich schnell, stürme aus meinem Zimmer und klopfe an seiner Tür.

»Was ist los?«, fragt er genervt und reißt die Tür auf.

»Kennst du die Telefonnummer für mein Zimmer?«

»Woher soll ich die wissen? Das Telefon wurde ja gerade erst angeschlossen.«

»Aha. Ist seltsam, gerade hat mich jemand auf meinem Anschluss angerufen, der aber dich sprechen wollte. Ich weiß gar nicht, woher die meine Nummer hatte.«

»Was? Mich angerufen? Wie kommt das denn? Wer war es?«

»Irgend so ein Mädchen.«

»Was heißt hier Mädchen? Etwas genauer, bitte. Wie hieß sie?«

»Sie hat ihren Namen nicht genannt.«

»Hat sie ihre Nummer hinterlassen?«

»Nein, hat sie nicht.«

»Mann! Warum hast du mich nicht sofort gerufen?«, faucht er mich an. »Vielleicht war der Anruf ja wirklich für mich.«

»Sie wollte nicht, dass ich dich rufe und hat sofort wieder aufgelegt ... Was regst du dich so auf? ... Vielleicht hat sie sich ja nur verwählt.« Weil er mich so anblafft, verschweige ich ihm, dass es ein Mädchen war, das mit einem englischen oder amerikanischen Akzent gesprochen hat.

»Warum machst du dann so ein Theater und störst mich? Ich habe nämlich Besuch ... Ist noch was?« Wie er so breitbeinig dasteht, würde ich ihn am liebsten in seinen Bauch boxen. Man sieht ihm richtig an, was für ein überheblicher Angeber er ist.

»Ach, zisch ab!«, murmele ich, gehe zurück in mein Zimmer und knalle die Tür hinter mir zu. Blöder Typ!

»Willst du noch was von den Pfannkuchen, Maya?«, ruft Mama von unten.

»Nein, ich hab schon in der Cafeteria was gegessen«, rufe ich zurück und stoße, als ich mich an den Laptop setzen will, ein Glas Orangensaft um, das noch von gestern auf einem Tischchen steht. Auch das noch!

Als ich den Saft mit Papiertaschentüchern vom Boden aufwischen will, schneide ich mich mit einer Scherbe in den Finger. Mist, es blutet. Ich rase ins Bad, um die Schnittwunde auszuwaschen, und renne vor der Tür einem Jungen in die Arme, der mir bekannt vorkommt. Er hat blonde mittellange Haare und auffallend helle Augen.

»Hast du dich verletzt?«, fragt er mit einem Blick auf meinen Finger.

»Ach, nur eine kleine Schnittwunde«, sage ich abweisend und trete ans Waschbecken. Er folgt mir.

»Lass mal sehen«, sagt er und nimmt den Finger vorsichtig in die Hand. »Blutet ganz schön stark. Habt ihr irgendwo ein Desinfektionsspray?«

»Im Medikamentenschrank, glaube ich.«

Er öffnet unser Badschränkchen, während ich mich auf den Badewannenrand setze. Mein Finger pocht und hört nicht auf zu bluten. Mir ist plötzlich ein bisschen übel, und ich bin richtig froh, dass sich jemand um die Wunde kümmert.

»Darf ich?« Er besprüht den verletzten Finger und umwickelt ihn mit einem Papiertaschentuch.

»Und jetzt eine Weile draufdrücken«, erklärt er wie ein erfahrener Arzt. »Dann hört die Blutung gleich auf, und spätestens morgen ist die Wunde verheilt.«

Er klingt so einfühlsam und so sympathisch, dass ich kaum glauben kann, dass er ein Freund von Tom ist.

»Danke, das war echt nett von dir ... Sag mal, du kommst mir so bekannt vor ... Warst du nicht neulich schon mal da? Am Gartentor, oder?«

»Ja ... Nils und ich ... Äh, wir sollten was für Tom holen ... Aber es war ein Missverständnis, na ja ... Ist nicht weiter wichtig.« Er führt den Satz nicht zu Ende und läuft rot an. So ganz verstehe ich nicht, was er meint.

»Ach, da bist du!« Tom erscheint im Bad und grinst, als er meinen verbundenen Finger sieht. »Jetzt macht sich dein Erste-Hilfe-Kurs bezahlt, was Engel?«, meint er zu seinem Freund.

»Engel?«, frage ich nach.

»Mein Nachname«, sagt er erklärend.

»Und dir geht's noch gut?«, fragt Tom an Engel gewandt. »Sie hat dir nicht ihre Krallen gezeigt? Die sind nämlich gefährlich!« Tom wirft mir einen spöttischen Blick zu.

Ich beschließe, diesmal meine Wut runterzuschlucken. Engel soll nicht merken, dass ich mit meinem Stiefbruder regelmäßig streite.

»Ihre verletzte Kralle hat sie mir schon gezeigt ...« Er zwinkert mir zu.

»Das ist die Strafe für Pampigkeit«, behauptet Tom.

»Ich bin doch nicht pampig!«, sage ich entrüstet.

»Ihr benehmt euch schon wie echte Geschwister«, lacht Engel und schaut zwischen mir und Tom hin und her.

»Sag mal, willst du jetzt hier mit Maya im Bad übernachten, Engel, oder können wir endlich mal anfangen?« Tom stemmt die Hände in die Hüfte und runzelt die Stirn.

»Womit denn?«, frage ich neugierig, während ich den beiden auf den Flur folge. »Was habt ihr vor?«

»Du bist ganz schön neugierig!«, sagt Tom.

»Es geht um seinen Internetanschluss«, erklärt Engel.

»Engel ist ein Computercrack, musst du wissen«, erklärt Tom und lacht. »Er löst die schwierigsten Computerprobleme, so ganz nebenbei.«

»Den Internetanschluss bei mir im Zimmer müsste man auch noch einrichten!«, sage ich schnell.

»Ich kann dir schon dabei helfen, wenn ich die richtigen Zugangs- und Kenn-Nummern habe«, bietet Engel mir an, während er mir tief in die Augen schaut. »Das ist eigentlich ganz easy.«

»Nicht zu fassen.« Tom schüttelt den Kopf. »Du kennst Maya gerade fünf Minuten, und schon lässt du dich als Computerspezialist engagieren.«

»So bin ich eben, edel, hilfreich und gut«, sagt Engel mit ironischem Unterton und folgt Tom in sein Zimmer.

»Warte, ich hole die Zugangsdaten!«, rufe ich und trampele die Treppe runter zu Mama, die gerade im Wohnzimmer Geige übt. Es dauert eine Weile, bis sie die richtigen Nummern zusammengestellt hat und ich mit dem Zettel in der Hand nach oben stürme. Kaum bin ich wieder in meinem Zimmer und habe eine CD von »Coldplay« aufgelegt, klopft es an die Tür. Engel kommt herein.

»Okay«, sagt er, »hast du die Nummern? Dann legen wir gleich mal los.«

Ich reiche ihm den Zettel mit den Daten, er setzt sich an den Laptop und drückt auf einige Tasten. Nach ein paar Minuten sagt er: »So, jetzt müsste es gehen. Probier's mal selbst.«

Und tatsächlich, das Internet funktioniert wieder und auch meine E-Mails kann ich abrufen! Juhu, ich bin gerettet!

»Echt super. Vielen Dank!« Etwas verlegen schaue ich ihm in die Augen. »Hier, zur Belohnung.« Ich gebe ihm einen Müslikrokantriegel, den ich eigentlich am Nachmittag selbst essen wollte.

»Danke, da hat sich die Arbeit ja gelohnt!«, grinst er, packt den Riegel aus, beißt davon ab und bleibt bei mir sitzen. Gerade läuft ein melancholischer Song und wir sind deswegen beide etwas verlegen. Während ich Engel beobachte, überlege ich fieberhaft, worüber wir uns unterhalten könnten, als Kalle seinen Kopf zur Tür hereinsteckt und die romantische Stimmung stört.

»Hier gibt's also 'ne Party und ich bin nicht eingeladen?« Er grinst und zieht eine Grimasse.

»Wenn du das 'ne Party nennst«, sage ich leicht verärgert. »Er hat mir beim Internetanschluss geholfen.«

»So, so ...«, sagt Kalle in anzüglichem Ton und grinst. »Und? Was hat er dafür verlangt? Einen Kuss?«

»Sag mal. Du hast sie wohl nicht alle!«, rufe ich empört und tippe an meine Stirn.

»Mein Honorar ist schon aufgegessen«, sagt Engel und wischt sich den Mund ab.

»Na dann«, grinst Kalle und stellt sich vor uns beiden auf. »So, und jetzt bitte schön lächeln, ihr beiden ...« In Windeseile hat er mit seinem Handy ein paar Fotos geschossen.

»He, wer hat dir das erlaubt?!«, kreische ich und will ihm das Handy entreißen – ohne Erfolg.

»Hilfe, ich hau ab!« Kalle rennt aus der Tür und ruft Engel zu: »Eh, Digger, ich hab zwar keinen Schokoriegel, aber vielleicht hilfst du mir auch mal ...«

»Sorry«, sagt Engel an mich gewandt. Er lacht verlegen, steht auf und folgt Kalle nach nebenan.

Ich schließe die Tür, lege eine neue CD ein und trinke den Rest Orangensaft aus der Flasche, die immer noch auf meinem Tischchen steht.

Engel scheint voll nett zu sein, und er mag mich, das habe ich gemerkt. Ob er mich wohl hübsch findet? Ich werfe einen Blick in den Spiegel und zupfe an meinen Haaren herum. Gerade überwältigend finde ich meinen Anblick nicht. Aber immerhin bin ich nicht mit Pickeln geplagt, deshalb habe ich mich auch noch nie so viel mit Schminken und diesen Dingen beschäftigt wie Klara zum Beispiel. Klara!

Vielleicht hat sie mir eine E-Mail geschickt?! Ich setze mich an den Laptop, um nachzusehen ... Und tatsächlich, ich habe Post! Unter den vielen Junk-E-Mails finde ich auch die Nachrichten, auf die ich schon so lange gewartet habe:

Posteingang:
Nachricht von Ulrich Bergmann:

Liebe Maya,
gerade ist Dein Brief angekommen. In der Hoffnung, dass Euer Internetanschluss bald wieder funktioniert, schicke ich Dir schnell eine Mail. Zurzeit bin ich beruflich viel unterwegs und lese daher meine Post nur sehr unregelmäßig.
Schade, dass es Dir in dem neuen Ort nicht so gut gefällt, aber vielleicht musst Du einfach ein bisschen geduldig sein. Sobald Du nette Freunde hast, geht es dir sicher wieder besser. Du fehlst mir auch, und ich hoffe, dass wir uns schon bald wiedersehen.
Was die Sommerferien anbelangt, kann ich Dir aber leider noch gar nichts Genaues sagen. Natürlich machen wir wie immer eine

Reise zusammen, versprochen, vielleicht sogar eine Tauchtour. Aber wann und wohin, kann ich noch nicht sagen, ich bin nämlich gerade dabei, mich beruflich zu verändern. Sobald ich mehr weiß, gebe ich Dir sofort Bescheid und dann können wir zusammen planen.

Dicker Kuss von Deinem Papa!
Bis bald und Kopf hoch!

Ich bin so froh, endlich wieder von Papa zu hören. Allerdings kapiere ich nicht ganz, was er damit meint, wenn er schreibt: ja, da ist ja eine Mail! »Ich will mich beruflich verändern«. Eigentlich dachte ich immer, seine Arbeit macht ihm Spaß. Egal, irgendwann werde ich erfahren, was er vorhat. Ich schreibe ihm schnell eine Antwort.

▼ Antwort:

Lieber Papa,
danke für deine Mail. Schade, dass Du jetzt wieder viel unterwegs bist, aber ich verstehe schon, dass Du aus der Pampa bei den Aborigines oder aus der Tiefsee keine Mails verschicken kannst. Aber vielleicht kannst Du mich mal anrufen? Ich habe inzwischen einen eigenen Telefonanschluss in meinem Zimmer. Ich weiß, ein Anruf aus Australien ist teuer, aber ich würde mich trotzdem sehr darüber freuen. Ein kurzes Gespräch ist besser als gar keins!

Bis bald, Deine Maya

Die Mail von Klara habe ich mir bis zum Schluss aufgespart, weil ich mich so riesig darauf freue. Ich bin gespannt, was sie schreibt:

Posteingang:
Nachricht von Klara Neumann:

Liebe Maya,
tut mir leid, dass ich erst jetzt und mit einer Mail auf Deine Briefe antworte, aber ich schreibe so ungern richtige Briefe. (Sorry, bin einfach zu faul ...) Hier ist es eigentlich so wie immer. Das mit Nils ist schon wieder aus, aber mir geht's trotzdem gut, denn ich bin viel mit Pia unterwegs. Sie ist viel netter, als wir immer dachten, man kann ihr alles erzählen, mit ihr shoppen gehen oder in die Disco. In den Ferien fahre ich mit meinen Eltern nach Mallorca, wie immer, aber diesmal fährt vielleicht Pia mit. Ich wünsche Dir alles Gute mit Deiner Patchworkfamilie und in Deiner neuen Klasse. Wir können uns ja mal in den Ferien treffen!

Viele Grüße von Klara

Meine Stimmung sinkt auf den Nullpunkt, nachdem ich Klaras Mail gelesen habe. Ich meine, wer will schon von seiner besten Freundin hören, dass sie eine neue, tolle Freundin hat, mit der sie bald Urlaub machen wird. Außerdem fanden wir Pia immer furchtbar!

Eigentlich hatte ich gehofft, eine ihrer Freundinnen zu bleiben und ihr immer mein Herz ausschütten zu können. So ein Umzug ist schließlich nicht so leicht zu verkraften. Am liebsten hätte ich sie schon am Wochenende besucht und ihr alles erzählt, was hier so nervt.

Doch ihre Mail klingt so, als hätte sie Besseres zu tun. Klar, sie hat ja jetzt Pia. Ich schlurfe runter ins Wohnzimmer und hänge mich vor die Glotze. Es läuft eine dämliche Soap. Gerade das Richtige, um meine miese Stimmung zu betäuben.

suchbegriff: australien

»Endlich scheint mal wieder die Sonne«, sagt Emily, mit der ich nach einem langen Schultag zum Café ihrer Eltern in der Stadt trabe.

Weil ich nichts sage, fragt sie besorgt: »Hast du schlechte Laune, Maya? Bist du so schweigsam wegen der Fünf in der Mathe-Ex?«

»Erinnere mich bloß nicht daran!«, stöhne ich auf. »'ne Fünf ist echt mies, meine Mutter darf das auf gar keinen Fall erfahren! Aber davon sollte ich mir nicht den ganzen Tag versauen lassen. Trotzdem bin ich heute total schlecht drauf.«

»Wieso? Was ist denn passiert?« Emily ist ganz schön neugierig, aber egal, sie interessiert sich zumindest für mich.

»Ach, es geht um meine Freundin Klara«, sage ich zögernd.

»Was ist mit der?«

Eigentlich kenne ich Emily ja kaum, aber vielleicht tut es mir ganz gut, ihr von meinem Frust zu erzählen. Sie scheint ja ziemlich verständnisvoll zu sein.

»Ach, sie hat mir auf meine Briefe erst nicht geantwortet und dann eine ganz unpersönliche Mail geschickt. Ich glaube, sie hat jetzt eine andere beste Freundin und ich bin abgeschrieben.«

»Oh, das ist gemein«, sagt Emily, legt ihre Hand auf meinen

Arm und bleibt kurz stehen. »Aber tröste dich, mir ging es vor ein paar Jahren ähnlich, als meine allerbeste Freundin Nina die Schule gewechselt hat.«

»Du hast das auch schon erlebt?«, frage ich erstaunt. »Ich verstehe das nicht! Man kann doch nicht von einem Tag auf den anderen einfach so seine beste Freundin austauschen und sie sitzen lassen ... Dabei hätte ich sie gerade jetzt so gebraucht.«

»Wieso?«, fragt Emily. »Wegen dem Ärger mit deinen beiden Stiefbrüdern? Oder hast du auch Probleme mit deiner Mutter?«

Ich ringe nach Worten und versuche, ihr zu erklären, was sich in den letzten Monaten in meinem Leben geändert hat und warum ich mich so unwohl zu Hause fühle. Ich beiße mir auf die Lippen und räuspere mich, bevor ich sage: »Hier ist irgendwie alles fremd für mich: die Stadt, die Schule, die Wohnung, die Menschen ... Eigentlich habe ich nur eine einzige Person, die mir vertraut ist, meine Mutter, aber die ist gerade auch ziemlich durch den Wind und meistens mit sich selbst beschäftigt. Ich glaube, ihr wächst das hier alles über den Kopf, und deswegen nörgelt sie ständig an mir herum.«

Emily nickt verständnisvoll.

»Das kenne ich«, sagt sie. »Ewig diese Vorschriften und Nörgeleien, man wird von seinen Eltern einfach nicht ernst genommen und ständig bevormundet, obwohl wir ja schon bald erwachsen sind. Manchmal halten die einen echt noch für kleine Kinder.«

Ich beschreibe Emily auch die Erwartungen, die meine Mutter ständig an mich stellt und die ich nicht erfüllen kann.

»Was verlangt sie denn alles von dir?«, will Emily wissen.

»Na ja, in der Schule soll ich super Noten haben, ich soll auf Basti aufpassen, in der Küche ungefragt mithelfen und dabei immer unkompliziert und gut gelaunt sein. Eigentlich hatte ich mal geplant, an den freien Nachmittagen zu jobben, im Moment muss ich aber ständig den Babysitter für sie spielen. Echt nervig! Außerdem versteht sie null, dass ich mich einfach noch nicht an die Schule und meine neue Familie gewöhnt habe. Jens und seine Jungs, ich kenne sie ja kaum, verstehst du, ich fühle mich immer noch unwohl, wenn ich morgens im Nachthemd aufs Klo gehe oder nackt mit nassen Haaren aus dem Bad komme.«

Emily nickt.

»Klar habe ich einen Bademantel«, fahre ich fort, »aber ich fühle mich unfrei darin, verstehst du? Ich will zu Hause einfach nicht ständig darüber nachdenken, wie ich rumlaufe und ob die Jungs mein Outfit peinlich finden oder Fotos von mir im Schlabberlook machen und sie dann Freunden zeigen.«

»Klingt ungemütlich.« Emily schüttelt sich. »Also, ich wollte auch nicht, dass Jungs, die ich kaum kenne, mitkriegen, wie ich aussehe, wenn ich am Wochenende die Haare nicht gewaschen habe und in Schlabberhosen und Lotter-T-Shirt durch die Gegend renne. Aber bestimmt gewöhnst du dich irgendwann daran. Denen geht's ja wahrscheinlich auch nicht anders mit dir und deiner Mutter.«

»Na ja, ich weiß nicht, die wirken immer obercool. Ich hoffe jedenfalls, dass ich bald zu meinem Vater ziehen kann, da habe ich dann wieder meine Freiheiten ...«, sage ich dickköpfig.

»Zu deinem Vater?«, fragt Emily überrascht. »Australien? Also, das solltest du dir noch mal überlegen, finde ich. Das ist schon ganz schön weit weg.« Sie bleibt vor einem etwas altmodischen Café stehen.

»Oh, sind wir schon da?«, frage ich, ohne auf ihre Bemerkung einzugehen.

»Ja, das ist es«, sagt sie, öffnet die Tür und lässt mich eintreten. »Ein In-Lokal ist es nicht gerade. Aber immerhin bekomme ich hier alles umsonst und der Kuchen ist wirklich sehr lecker.«

Während wir uns an einen Ecktisch am Fenster setzen, lasse ich meinen Blick über die Nachbartische schweifen, an denen vorwiegend Mütter mit Kleinkindern und Senioren Kaffee trinken und Kuchen essen. Aus der Musikbox dröhnen deutsche Schlager.

»Macht doch nichts«, sage ich und streiche über den Samtbezug der Eckbank, »aber es ist voll gemütlich.«

»Was willst du?«, fragt Emily und organisiert uns kurz darauf Sahnetorten und Kirschschorle.

»Das ist ja praktisch, wenn man mittags im Café der Eltern essen kann«, sage ich, während ich meine Torte esse, die richtig lecker schmeckt. »Musst du eigentlich manchmal auch aushelfen? Bedienen oder abräumen oder so?«

»Selten«, antwortet Emily. »Meine Eltern wollen, dass ich mich auf die Schule konzentriere. Außerdem sind sie selbst fast nie hier im Café. Meistens arbeiten sie in unserem Hotel, am Stadtpark, du weißt schon ... Da müssen wir auch mal hingehen. Der Wellnessbereich ist echt cool.«

»Sauna und Massagen und so?«

»Ja, es gibt auch ein kleines Schwimmbad für die Gäste. Aber ich darf dort nur schwimmen, wenn wenig Gäste da sind. Und mehr als eine Freundin darf ich eigentlich nicht mitbringen.«

»Da bin ich ja mal gespannt. Und wie ist das hier im Café? Kommen eigentlich auch Leute aus der Schule hierher? Ich meine, Schüler aus unserer Klasse?

»Manchmal, aber nicht so oft. Im Spex gegenüber ist mehr los, es ist außer dem Jugendhaus eigentlich der Haupt-Jugendtreff hier im Ort.«

»Und, was gibt's da?«

»Na ja, auf jeden Fall andere Musik und man kann Billard spielen oder kickern. Im Keller gibt es auch eine Nachtbar mit Disco, Eintritt ist aber erst ab achtzehn. Mark war am Wochenende trotzdem schon oft dort, Winni angeblich auch, aber mich würde der Türsteher bestimmt nicht reinlassen. Ich sehe einfach zu jung aus und brezel mich nicht so auf wie Winni.« Sie zuckt mit den Achseln.

»Würdest du denn gern mal dort hingehen?«, frage ich sie.

»Ach, ich weiß nicht. Die meisten sind dort viel älter als wir. Und ich bin eh nicht das Mädchen, auf das die älteren Jungs stehen.« Emily scheint noch weniger mit ihrem Aussehen zufrieden zu sein als ich.

»Tröste dich, ich bin auch nicht gerade das Traumgirl der Jungs.«

»Was, du? Also das stimmt doch nicht!« Jetzt regt sie sich richtig auf. »Du bist doch voll hübsch! Und hast du nicht gemerkt, wie Mark Colling und die Jungs dich anmachen?«

»Ach, die«, sage ich abfällig, »die zählen doch nicht. Außerdem ziehen sie mich doch nur auf. Ich freu mich schon auf die tolle Projektwoche, das wird richtig ätzend mit denen!«

»Na ja, was sich neckt, das liebt sich.« Emily grinst und steht auf, um uns einen Cappuccino zu holen.

»Ich jedenfalls necke und liebe keinen von denen«, betone ich, als sie mit einem Tablett zurückkommt und zwei Tassen auf den Tisch stellt.

»Das habe ich mir schon gedacht«, grinst sie, »und mal ehrlich, sieht man von Mark ab, sind die doch alle total kindisch, und gut aussehen tun sie auch nicht, stimmt's? Also ich mag Jungs lieber, die älter sind. So wie Lukas eben.«

»Ja, finde ich auch. Ich stehe auch eher auf Jungs, die schon etwas erwachsener und selbstbewusster wirken«, meine ich zustimmend.

»Wehe, du stehst bald auch auf Lukas!«, lacht Emily und hebt mahnend den Zeigefinger. »Stell dir mal vor, wir wären in denselben Jungen verknallt! Ich hätte keine Chance.« Sie kichert leicht hysterisch.

»Ach Quatsch, ich bin kein bisschen attraktiver als du«, sage ich, aber geschmeichelt bin ich doch.

»Wenn du meinst.« Emily schiebt sich ein Stück Erdbeertorte in den Mund. Dann verzieht sie ihr Gesicht und schnieft. »Aber beachtet hat Lukas mich bisher kein bisschen. Dabei lächle ich ihm immer ganz freundlich zu.«

»Das wird sich schon noch ändern«, verspreche ich ihr, während ich ein Stück Torte esse. »Ich lasse mir was einfallen, damit du bei ihm landen wirst.«

Nachdem die Bedienung unsere Teller abgeräumt hat, unterhalten wir uns noch eine Weile über Klassenarbeiten, Lehrer und Winnis Clique, bis mir siedend heiß einfällt, dass meine Mutter mich ja schon seit einer Stunde erwartet.

»Mist, es ist schon spät«, sage ich ganz nervös. »Leider muss ich jetzt gleich los zum Babysitten – du weißt ja, meine Lieblingsbeschäftigung. Danke für die Einladung, war voll lecker. Wenn mein Zimmer einigermaßen eingerichtet ist, musst du mich mal besuchen, okay?«

»Mach ich«, sagt Emily und winkt mir nach, als ich das Café verlasse und nach Hause spurte.

»Sag mal, wo steckst du denn?«, empfängt mich Mama, als ich zur Tür hereinkomme. »Du hast gestern Abend gesagt, du bist um 13 Uhr da, und jetzt ist es bereits 14 Uhr.« Ihre Stimme klingt sauer.

Innerlich wappne ich mich schon einmal gegen eine Standpauke, dabei hatte ich mich nach dem Treffen mit Emily zum ersten Mal seit dem Umzug wieder richtig gut gelaunt und unbeschwert gefühlt.

»Na hör mal, ich habe dir gestern gesagt, dass ich noch nicht genau weiß, wann wir Schule aushaben«, verteidige ich mich genervt.

»Aber Kalle meinte, ihr hattet schon um 12 Uhr aus. Ich dachte, du kommst dann direkt heim.«

»Spioniert der mir nach, oder was?« Ich ziehe meine Schuhe aus und knalle sie in eine Ecke.

»Komm, jetzt stell dich nicht so an, Maya. Was hast du denn so lange gemacht?

»Ich denke, du musst so dringend los, Mama?!«, antworte ich knapp.

»Jetzt nicht mehr«, entgegnet sie. »Meinen Termin um halb zwei musste ich verschieben, ich habe schon abgesagt.« Sie zuckt mit den Schultern. »Du warst ja nicht da und ich kann Basti schlecht allein lassen.«

»Du hast mir nicht gesagt, dass du schon so früh da sein musst!«, gebe ich zurück. »Und außerdem, warum hat Kalle nicht auf Basti aufgepasst?«

»Er hat dienstags Training, das weißt du doch. Und du hast gestern Abend noch gesagt, du hättest nichts vor. Deswegen bin ich jetzt echt enttäuscht von dir, weil ich mich auf dich verlassen hatte. Du könntest in deinem Alter wirklich mehr Verantwortung zeigen.«

»Hallooo? Ich bin doch da!« Zornig verschränke ich die Arme vor der Brust, aber sie bleibt unerbittlich.

»Sag mir jetzt bitte, wo du warst! Ich habe mir Sorgen gemacht. Und dein Handy hast du natürlich auch daheim liegen lassen.«

Ich gehe in die Küche und setze mich dort an den Tisch. Mama folgt mir und bleibt an der Tür stehen.

»Emily hat mich zum Mittagessen eingeladen, ins Café ihrer Eltern«, rücke ich dann heraus. »Da kann ich doch nicht Nein sagen, wenn ich hier endlich mal jemanden kennenlerne. Außerdem wollte ich ja rechtzeitig wieder hier sein. Wir haben uns leider verquatscht und ich hab nicht auf die Uhr geschaut.«

Mama scheint erleichtert zu sein, dass ich nur mit einer Klassenkameradin unterwegs war, und ist vielleicht auch ganz froh, dass ich eine neue Freundin gefunden habe. Trotzdem sieht sie immer noch sauer aus und die Stimmung ist mal wieder im Keller. Aber sie kann doch nicht erwarten, dass ich ständig das Kindermädchen spiele, während Bastis Brüder ins Training gehen können, wann sie wollen!

Ich schlurfe hoch in mein Zimmer. Ich habe keinen Bock mehr, mit meiner Mutter zu sprechen. Dann knalle ich die Tür laut hinter mir zu, damit sie merkt, dass ich auch die beleidigte Leberwurst spielen kann, und lehne mich an die Wand neben dem Fenster.

Überall im Raum verteilt stehen noch immer mehrere Umzugskisten herum. Eigentlich hatte ich mir für heute vorgenommen, sie endlich auszupacken und in meinem Zimmer aufzuräumen, aber jetzt bin ich dazu viel zu aufgewühlt und sauer auf Mama.

Wütend kicke ich meine Turnschuhe, die auf dem Boden liegen, gegen die Wand. Mir vorzuwerfen, ich würde keine Verantwortung zeigen, ist echt das Allerletzte!

Auf der Suche nach einer guten CD fällt mir in einer Schublade mein Sparbuch mit einem Guthaben von 1300 Euro ins Auge. Plötzlich kommt mir eine tolle Idee. Ich könnte mir doch von meinem ersparten Geld ein Flugticket nach Australien kaufen und zu Papa fliegen! Einfach so vor seiner Tür stehen und ihm mitteilen, dass ich von nun ab bei ihm leben werde. Das wäre doch eine echte Überraschung! Bei dieser Vorstellung geht es mir augenblicklich besser.

Nachdem ich mich an den Schreibtisch gesetzt und mich ins Internet geklickt habe, gebe ich bei Google die Suchbegriffe »Flugticket« und »Australien« ein und finde einen Flug, der 1500 Euro kostet. Leider liegt der früheste freie Flugtermin im August, also in den Sommerferien. Das ist echt schade, aber wenigstens habe ich so ein bisschen Zeit, mich auf die Reise vorzubereiten und zu packen. Außerdem muss ich bis dahin noch 200 Euro zusammenbekommen.

Erst zögere ich etwas, dann klicke ich auf »Warenkorb« und reserviere das Ticket – geht alles erstaunlich einfach.

Zufällig entdecke ich außerdem auf der Homepage von Sydney eine internationale Schule, in der auf Deutsch und Englisch unterrichtet wird! Die Vorstellung, dort zur Schule zu gehen, macht mich richtig aufgeregt und ich würde am liebsten sofort mit jemandem darüber reden.

Aber mit wem? Klara fällt ja leider aus, aber vielleicht könnte ich Emily in meine Pläne einweihen?

Wo habe ich nur den Zettel mit ihrer Nummer? Ich krame wild in meiner Schublade, doch der Papierfetzen, auf den ich ihre Nummer geschrieben habe, taucht nicht auf. So ein Mist! Warum bin ich nur immer so schusselig? Emilys Nachnamen habe ich mir nicht gemerkt, sodass ich sie im Internet nicht suchen kann.

Bleibt nur der Schülerchatroom unserer Stadt, den ich schon seit Tagen ausprobieren will. Seltsamerweise konnte sich mein Hirn Emilys Nickname »Hummel333«, von dem sie mir irgendwann erzählt hat, besser einprägen, als ihren Nachnamen. Mal sehen ... Ich tippe die Internetadresse ein und registriere mich als neuer User im Chatroom. Als Nickname verwende ich »Knitting Jenny« – ich finde, das passt gut zu mir. Als ich dann endlich eingeloggt bin, sehe ich, dass »Hummel333« im Moment leider nicht online ist.

Die Diskussionen über Fußball, die im Moment im Schülerchat laufen, interessieren mich nicht, aber ich bleibe trotzdem im Internet und klicke aus Langeweile das Profil eines »Mr. Divy« an.

Im Steckbrief von »Mr. Divy« steht, dass er fünfzehn Jahre alt ist, ein Gymnasium besucht und sich für Tauchen, Gitarre, Natur, Reisen und Mädchen (!) interessiert. Unter der Rubrik

»Reisen« sind die Länder aufgeführt, für die er sich begeistert und die er schon bereist hat.

Angeblich war er sogar schon einmal in Australien, am Great Barrier Riff, also dort, wo ich demnächst mit Papa tauchen will. So ein Zufall! Das muss doch ein Wink des Schicksals sein, oder nicht? Als ich seine Rubrik »Giftige Tiere an den Küsten von Queensland/Australien« anklicke, erscheint eine Artenliste, und ich erfahre alles Mögliche über Tiere, die im Meer leben und einen angreifen können.

Ich habe keine Angst und werde mir dadurch sicher nicht den Traum von Australien vermiesen lassen, denke ich mir, als ich eine weitere ausführliche Liste mit Gifttieren entdecke.

Sie macht mich aber neugierig auf den Urheber der Liste. Vielleicht weiß er noch mehr über Australien und ich kann mich mit ihm über mein Traumland austauschen? Deshalb tippe ich in seiner Gästebox unter dem Pseudonym »Knitting Jenny« meine Daten ein. Beim Alter schummle ich ein bisschen und gebe fünfzehn an, obwohl ich erst dreizehn bin.

Zum Schluss schreibe ich noch eine Mail, mal sehen, ob ich eine Antwort bekomme:

▼ ✉ Nachricht von Knitting Jenny an Mr. Divy:

In den Sommerferien will ich am Great Barrier Riff tauchen. Kannst Du mir Tipps geben? Du warst doch schon einmal da, oder? Mich interessiert zum Beispiel, an welchen Stellen man mit Riff-Haien und Muränen rechnen muss und welche Bereiche auch für Schnorchler und Tauchanfänger geeignet sind.

Als ich Divys Seite wieder verlassen will, entdecke ich, dass es unter der Rubrik »Mädchen« noch eine ganz andere Liste gibt:

Mr. Divy's Do's and Don'ts for Girls*

*Diese Liste wird gestaltet von den männlichen Besuchern dieses Chatrooms und ständig aktualisiert.
So sollten sich Mädchen benehmen, um Jungs zu gefallen:

1. Schickt niemals Eure Freundin vor, um uns zu sagen, dass Ihr Euch nicht für uns interessiert.
2. Zeigt unsere Liebesbriefe (wenn wir uns schon dazu aufraffen) nicht der besten Freundin oder gar der ganzen Clique.
3. Überdenkt Euer Schwarmverhalten und tretet wenigstens ab und zu auch mal solo auf. Wie wollen wir sonst an Euch herankommen?
4. Sendet öfter mal ermunternde Signale aus (z. B. Lächeln, Augenkontakt), damit wir unsere angeborene Schüchternheit überwinden.
5. Mädchenjurys, Kicherchöre und Rudelpissgänge sollten grundsätzlich verboten werden. Sie nerven.
6. Seid nicht so altersrassistisch und interessiert Euch endlich auch für gleichaltrige oder jüngere Jungs, die keinesfalls so unreif sind, wie Ihr immer tut.
7. Bitcht Euch weniger auf. Dicke Schminke und zu enge Klamotten mit Weißwursteffekt turnen ab.
8. Redet nicht ständig über Stars und Klamotten.
9. Zickt nicht mit anderen Weibern herum. Was soll das? Ihr seid doch das friedliche Geschlecht!
10. Gebt auch den Außenseitern eine Chance. Achtet auf unsere inneren Werte, nicht nur auf angesagte Haarschnitte oder die neuesten Klamotten.

Ich muss lachen, als ich die zehn Gebote lese – das wäre doch was für Emily –, und spiele zuerst mit dem Gedanken, selbst eine ähnliche Liste aus Mädchensicht zu entwerfen.

Aber dann klicke ich mich doch zurück in den Schülerchat. Oh, was ist das? Wie ich sehe, ist ein Mr. Divy gerade online gegangen. Er chattet mit »Flo777«, der offensichtlich Liebeskummer hat.

Flo 777: Kann mir einer einen Rat geben? Hab voll das Problem. Bin verknallt in ein Mädchen, aber sie antwortet auf meine SMS nicht, und mein Freund meinte, ein anderer sei auch in sie verknallt und der sei cooler als ich.

Divy: Warum muss es gerade sie sein?

Flo 777: Sie ist ein Traumgirl. Blonde Haare, perfekte Figur ...

Divy: Wenn sie kein Herz hat, lass sie sausen. Es bringt nichts ihr nachzurennen. Sonst stehst Du wie ein Idiot da.

Flo 777: Ich schaff es nicht, sie aus meinem Kopf zu kriegen.

Divy: Das schaffst Du! Hab ich auch geschafft.

Flo 777: Echt? Erzähl!

Niacat: Sag mal, könnt ihr Jungs mal das Thema wechseln? Ich hab absolut keinen Turn, mir diese Jammerei reinzuziehen! Flo, tu bloß nicht so, als ob Du ein Herz hättest! Mir machst Du nichts vor! Geschieht Dir ganz recht, wenn Du auch mal 'ne Abfuhr bekommst. Ich weiß wovon, ich rede!

Ich verfolge noch eine Weile die Diskussion, tippe selbst aber keinen Kommentar ein. Dann verlasse ich den Chatroom. Immerhin finde ich es interessant, dass Mr. Divy, wenn es stimmt, was er sagt, schon einmal unglücklich verliebt war. Hat er deswegen die Liste geschrieben?

Bevor ich den Laptop herunterfahre, gehe ich noch einmal auf die Homepage der Fluggesellschaft und kaufe das Flugticket nach Australien auf Rechnung ein. Ich bin stolz, dass ich so mutig bin, und freue mich riesig auf meine große Reise!

fotos und handys

Seit der Internetanschluss wieder funktioniert, komme ich mir nicht mehr ganz so verloren vor wie in den ersten Wochen nach dem Umzug. Natürlich schmerzt es mich noch immer, dass Klara mir anscheinend keine Träne nachweint, und ich kann noch immer nicht behaupten, dass ich mich hier zu Hause fühle. Aber immerhin kann ich jetzt, wenn mich alle ärgern, ins World Wide Web abtauchen, surfen, chatten und neue Leute aus meiner Stadt kennenlernen, wann und sooft ich will.

Die Sonne scheint in mein Zimmer und lässt die weißen Röschen erstrahlen, die ich eingetopft und in zwei weiße Übertöpfe gestellt habe. Mit dem Hammer klopfe ich beiderseits des Fensters einen Nagel in die Wand und spanne zwischen den Nägeln eine dünne weiße Kordel auf. Mit Mini-Wäscheklammern befestige ich an der Kordel Fotos von meinem letzten Urlaub in Australien und meinen neuen Wahlspruch, den ich mit dickem grünem Filzstift auf einen Zettel geschrieben habe: *Es ist besser, eine Kerze anzuzünden, als die Dunkelheit zu beklagen.*

Stolz betrachte ich mein Werk, als es klingelt. Mama hat wohl den Türöffner gedrückt, denn ich sehe vom Fenster aus, dass Emily zum Hauseingang trabt.

»Maya, deine neue Freundin ist da!«, ruft Mama nach oben. Ihre Stimme klingt ganz begeistert, als ob Emilys Besuch der Beweis dafür wäre, dass ich mich hier eingewöhnt habe und mich superwohl fühle. Sie macht sich einfach nicht klar, dass ich Papa und mein altes Zuhause immer vermissen werde, ob mit oder ohne Emily.

Ich stelle mich ans Treppengeländer und höre, wie Mama Emily begrüßt und sie hoch ins Dachgeschoss schickt, wo ich sie empfange und stolz in mein Zimmer führe.

»Wow, dein Fenster sieht ja voll schön aus«, sagt sie und sieht sich bewundernd um. »Die Blümchen und dann diese Kordel mit den Bildern!«

»Ja, mir gefällt's auch«, sage ich.

»Bist du das auf den Fotos?«, will Emily wissen und betrachtet die Urlaubsbilder genauer.

»Ja, mit meinem Vater.«

»Das Känguru und den Koalabären hast du auch selbst fotografiert? Du bist ja voll der Profi.«

Ich erkläre ihr, dass beide Bilder von meinem Vater stammen, der solche Fotos berufsmäßig schießt und sich sehr gut mit der Tierwelt Australiens auskennt.

Emily stellt ihre Tasche ab und setzt sich auf meinen Korbstuhl, während ich mich auf meinem Bett niederlasse, das, mit einer Tagesdecke belegt, als Sofa dient.

»Ich muss dir gleich was erzählen«, sagt Emily und macht ein sehr geheimnisvolles Gesicht.

»Ja, dann schieß los«, sage ich.

Emily packt einen Kaugummi aus und steckt ihn in den Mund.

»Als ich gestern nach der letzten Stunde noch auf dem Klo war«, sagt sie kauend, »habe ich eine Unterhaltung belauscht. Zwischen Winni und Laura.« Sie macht eine bedeutungsvolle Pause.

»Und? Was Wichtiges?« Gespannt schaue ich ihr ins Gesicht.

»Ja, stell dir vor: Die Jungs verschicken mit dem Handy angeblich Fotos von dir.«

»Nein!« Ich bin geschockt. »Von mir? Was für Fotos?«

»Weiß ich doch nicht! Ich hab sie nicht gesehen, nur davon gehört. Ein aufreizendes Bauchnabelpiercing-Foto soll auch dabei sein, das haben sie jedenfalls behauptet ...«

»Ich hab doch gar kein Piercing!«, rufe ich empört. »Und ich habe auch keinem ein Foto von mir geschickt!« Plötzlich fällt mir Kalle ein, der mich am Laptop mit Engel fotografiert hat und der sowieso ständig mit seiner Handykamera rumknipst. Wut steigt in mir auf.

»Mann, ich bin ja auch so blöd!«, rufe ich und haue mir an die Stirn. »Natürlich, das muss Kalle gewesen sein!«

»Wie kommst du darauf?«, fragt Emily neugierig.

»Er hat mich gestern fotografiert und wer weiß, wann noch. Das macht er dauernd, das ist so ein Fimmel von ihm. Vielleicht habe ich es einmal nicht bemerkt! Aber ich wäre nie auf die Idee gekommen, dass er so fies ist, das Foto einfach an die anderen zu verschicken. Ich hasse ihn!« Genervt schiebe ich meine Haare aus der Stirn.

»Kann ich gut verstehen«, seufzt Emily. Sie legt die Hand auf meine Schulter. »Aber noch wissen wir nicht, ob er es war. Was willst du tun?«

»Keine Ahnung. Wenn ich ihn frage, streitet er doch bestimmt alles ab ... Wir brauchen einen Plan, um ihn zu stellen«, sage ich finster.

»Du müsstest an sein Handy kommen und das Foto löschen«, meint Emily. »Wer weiß, wo es sonst noch landet. Vielleicht hat er es auch auf seinen Computer geladen und ins Internet gestellt. Wahrscheinlich hat er die Bilder verändert und dir ein Piercing auf den Bauchnabel gesetzt, das geht ja ganz leicht, wenn man die richtigen Programme hat.«

Die Vorstellung, es könnten Fotos von mir im Internet auftauchen, die ich nicht kenne und auf denen ich vielleicht total dämlich aussehe, macht mich noch wütender. Ich muss an die Fotos rankommen und sie entfernen, wo immer sie auch sind!

»Einfach wird es nicht werden, das Foto wiederzubekommen«, meint Emily.

»Sollen wir in sein Zimmer gehen und nach seinem Handy suchen? Kalle ist beim Training ... «, frage ich, und der Gedanke, in Kalles Zimmer herumzustöbern, fasziniert mich richtig. Vielleicht finden wir ja was Peinliches und können es auch ins Internet stellen. Als Rache, das würde ihm recht geschehen!

»Er wird ja wohl kaum ohne sein Handy weggegangen sein«, sagt Emily zweifelnd. »Oder meinst du, er hat es in seinem Zimmer zurückgelassen, damit es ihm in der Umkleidekabine nicht geklaut werden kann?«

»Keine Ahnung«, sage ich ungeduldig und zucke mit den Schultern, »aber glaub mir, der lässt sein Handy echt überall herumliegen. Mich nennt er ›schusselig wie ein Kleinkind‹, aber du solltest ihn mal sehen.«

Emily schweigt und lässt ihren Blick zwischen mir und der Zimmertür hin- und herschweifen.

»Was meinst du?«, fragt sie.

»Schauen wir doch einfach mal nach ...«, schlage ich vor und grinse über das ganze Gesicht.

»Wann kommt er denn zurück?«

»Heute ist Mittwoch ...«, überlege ich. »Normalerweise kommt er mittwochs nicht vor vier heim. Wie spät ist es?«

»Drei. Wir haben also eine Stunde Zeit.«

»Na dann mal los, komm.« Ich springe auf und ziehe Emily aus dem Zimmer. »Gut, dass meine Mutter gerade weg ist. Sie muss mit Basti zum Kinderarzt. Wenn die wüsste ...« Wir kichern wie kleine Mädchen.

»Sollen wir das wirklich machen?«, fragt Emily zweifelnd und ziemlich nervös, als wir vor Kalles Zimmer stehen. Verlässt sie jetzt der Mut? Natürlich machen wir das!

»Wenn er mich einfach fotografiert und das Foto per Mail verschickt«, sage ich ziemlich ungeduldig, »dann muss er auch mit Gemeinheiten rechnen. Mach dir darüber bloß nicht so viele Gedanken.«

Trotz meiner Äußerungen muss ich dann doch all meinen Mut zusammennehmen, um auf die Türklinke zu drücken, und sage zu mir selbst: »Fotos unerlaubt zu verschicken, ist auch ein Eingriff in die Privatsphäre ...«

»Ein typisches Jungenzimmer«, grinst Emily, die die mit Sportpostern beklebten Wände betrachtet. »Und er steht auf Nelly Furtado.« Sie deutet auf ein aufreizendes Bikinifoto von Nelly und kichert. »Nackte Bäuche scheinen ihm ja tierisch zu gefallen!«

»Von Ordnung hält er wohl nicht gerade viel«, sage ich und versuche, mir auf dem mit gebrauchten Klamotten übersäten

Boden einen Weg zu bahnen. Vor seinem mit Büchern, Heften, benutzten Gläsern, zerknülltem Papier und Bröseln übersäten Schreibtisch bleibe ich stehen und halte Ausschau nach einem Handy.

»Aber auf dem Schreibtisch liegt es nicht«, stelle ich fest.

»In der Kommode auch nicht«, sagt Emily, die gerade die Schubladen seiner Kommode aufzieht, in der Socken und Unterwäsche verstaut sind.

»Ist das nicht niedlich?«, kichert sie plötzlich und hält einen mit Mickymäusen bedruckten knappen Slip in die Höhe, der aus Kalles Kinderzeit zu stammen scheint. Ich bekomme einen Kicheranfall und gleichzeitig ein schlechtes Gewissen, weil es mir selbst nicht gerade gefallen würde, wenn jemand in meiner Unterwäsche wühlen würde.

»Emily, wir sind voll fies«, stöhne ich und kratze mich am Kopf. »Ich komme mir vor wie ein Einbrecher. Los, wir gehen besser wieder. Das Handy finden wir hier sowieso nicht, wahrscheinlich hat er es doch mitgenommen und in irgendein abschließbares Fach gelegt.«

»Aber auf dem Computer gucken wir schon noch nach dem Foto, oder?« Emily legt ihren Kopf schief und kneift die Augen zusammen. Jetzt wo ich Zweifel bekomme, scheint ihr der Einbruch plötzlich Spaß zu machen.

»Ich weiß nicht, sollen wir das wirklich tun?«, frage ich und ziehe dabei eine Grimasse. Ich stelle mir vor, was Papa dazu sagen würde, wenn er mich jetzt sähe, und schiebe nervös meine Haare aus der Stirn.

»Warum nicht?« Emilys Neugier scheint ihre Bedenken zu übertrumpfen. »Wir spionieren schließlich nicht seine Bankdaten aus, um uns zu bereichern. Was werden wir schon finden außer dem Foto? Referate und so was, oder?«

»Keine Ahnung ... Aber irgendwie habe ich schon ein mulmiges Gefühl ...«

»Jetzt machen wir den Computer einfach mal an ... Schau, es geht gaaanz einfach ...« Sie drückt den Schalter und der Rechner gibt das typische Einschaltgeräusch von sich. Emily und ich starren auf den Bildschirm. In diesem Moment hören wir, wie jemand die Treppe hochstapft.

»Oh Gott, wenn das Kalle ist ... Was machen wir dann ...«, flüstere ich aufgeregt und halte mir vor Schreck die Hand vor den Mund.

»Los, wir verschwinden vorsichtshalber unter seinem Bett«, flüstert Emily, die mich immer mehr überrascht.

Wir schaffen es gerade noch, uns unter das Bett zu zwängen, wo wir eingeklemmt nebeneinanderliegen wie die Büchsenheringe und uns bemühen, keinen Laut von uns zu geben, als auch schon die Tür aufgeht.

»Dass du auch immer etwas vergessen musst, Kalle«, höre ich Tom sagen, der offensichtlich von seinem Freund Engel begleitet wird.

»Mann, das kann doch mal passieren. Ich hab sie gleich, warte.« Wir können nichts sehen, aber Kalle zieht offensichtlich verschiedene Schubladen auf.

»Du hast vergessen, deinen Computer auszuschalten«, sagt Engel, der am Schreibtisch steht.

»Kann sein«, sagt Kalle, der das ganze Zimmer auf den Kopf zu stellen scheint. »Mach ihn einfach aus.«

»Jetzt beeil dich, Mann, in einer Stunde fängt das Match an.

Wenn du die Digicam nicht gleich findest, fotografieren wir mit dem Handy«, sagt Tom, der gefährlich nahe an Kalles Bett steht.

»Ach Quatsch«, sagt Kalle. »Für ein Gruppenfoto brauchen wir schon eine gescheite Kamera, das wird doch sonst nichts. Was sollen wir da mit dem Handy ... Ah, da ist sie ja. Weiß auch nicht, warum ich sie unter dem Schrank verstaut habe ... Na ja ...«

»Können wir jetzt endlich gehen?«, höre ich Tom ungeduldig fragen.

»Wer hat eigentlich die Fotos von Maya verschickt?« Das ist Engel. »Warst du das, Kalle?« Ich spitze die Ohren wie ein Luchs. Meint der etwa mich?

»Welche Maya meinst du?«, fragt Kalle.

»Na, du weißt schon ...«, sagt Engel. Was er danach sagt, verstehe ich nicht mehr, denn die Tür fällt ins Schloss.

»Sind sie weg?«, flüstert Emily, nachdem die Jungs das Zimmer verlassen und wir noch einige Minuten mucksmäuschenstill ausgeharrt haben.

»Sieht so aus.« Vorsichtig strecke ich meinen Kopf unter dem Bett hervor, krieche heraus und stehe auf.

»Beeil dich Emily, wir verschwinden«, dränge ich, leicht in Panik.

»Ja, ja, ich komm ja schon.« Sie folgt mir in mein Zimmer, wo wir uns den Staub von den Kleidern klopfen.

»Mann, war das knapp«, sage ich und falle lachend aufs Bett. »So was mach ich nicht noch mal, ehrlich. Wenn die uns erwischt hätten ... Boh, ich darf gar nicht daran denken.«

»Ja, ich war total aufgeregt, vor allem, weil mein Schwarm Lukas mit dabei war«, sagt Emily und setzt sich auf mein Bett.

»Was? Meinst du Engel? Der Freund meiner Stiefbrüder? Ich wusste gar nicht, dass er Lukas mit Vornamen heißt. Der hat außerdem von einer Maya geredet. Meinst du, er hat mich damit gemeint?«

»Keine Ahnung, ehrlich. Aber ich kenne keine andere Maya«, sagt Emily. »Ob sie dein Foto verschickt haben, wissen wir jedenfalls immer noch nicht. Vielleicht sollten wir endlich mal Winni fragen, die scheint ja Bescheid zu wissen ... Was meinst du?«

»Also, das entscheiden wir morgen«, rufe ich, während ich nach unten trabe und aus der Küche eine Flasche Apfelsaft, Gläser und einen Teller Schokokekse hole. Nach dem Schreck brauchen wir unbedingt etwas Nervennahrung. Mir schlottern immer noch die Knie von unserem Einbruch.

»Puh, ich habe überhaupt keine Lust zum Englischlernen«, stöhnt Emily, als ich das Tablett auf den kleinen Tisch stelle.

»Ich auch nicht«, sage ich und gieße Apfelsaft in beide Gläser, »aber wir müssen. Noch eine Vier kann ich mir echt nicht leisten.« Emily schaut mich fragend an, aber ich sage ihr nicht, dass ich nur deshalb so streberhaft bin, weil ich ein gutes Übergangszeugnis für die deutsch-australische Schule brauche. Drei volle Stunden konzentrieren wir uns auf unregelmäßige Verben, Grammatik und Übersetzungen, bis Emily gehen muss.

»Bin mit meinen Eltern in unserem Hotelrestaurant verabredet«, sagt sie. »Ciao, bis morgen.«

»Du hast es gut!«, rufe ich ihr nach. »Ich würde jetzt auch gerne ein leckeres Fünf-Gänge-Menü essen. Tschüs!«

Allein in meinem Zimmer, setze ich mich an den Schreibtisch und logge mich noch einmal ins Internet ein. Vielleicht hat Mr. Divy ja geschrieben?! Tatsächlich:

Nachricht von Mr. Divy an Knitting Jenny:

War bisher lediglich einmal in Airlie Beach, einem Touristenzentrum an der Ostküste. Von dort kann man mit dem Boot Ausflüge zu den Whitsunday Islands und zum Great Barrier Riff machen. Ich habe beim Tauchen und Schnorcheln schon unglaublich viele Meerestiere beobachtet, unter anderem auch Meeresschildkröten. Die Tauchgebiete sind mit Netzen abgegrenzt, um Taucher und Schnorchler vor Angriffen von Riff-Haien oder Muränen zu schützen.
Wie alt bist du gleich noch mal? Planst du die Reise mit einer Jugendgruppe oder mit Deinen Eltern? Bin übrigens um 16 Uhr im Chat. Du auch? Würd mich freuen ...

Gute Idee!, denke ich und klicke mich um fünf vor vier noch mal in den Chat ein. Außer uns beiden sind »amica1« und »toyboy« im Chat, aber sie tauschen nur belanglose Grüße aus. Ich beschließe, mich zu melden, und tippe ein:

Jenny: Hi, Divy.

Divy: Hi, Jenny, super, dass du online bist. Hast Du meine Mail schon gelesen?

Jenny: Yep. Du wolltest wissen, wie alt ich bin. Also, ich bin 15. Und jetzt?

Divy: Jetzt weiß ich, dass Jenny wohl kaum allein nach Sydney fliegt.

Jenny: Da liegst du entschieden falsch. Ich fliege allein, weil ich dort meinen Dad besuche.

Divy: Ihr wohnt nicht zusammen?

Jenny: Stell dir vor, nein.

Divy: Und deine Mum?

Jenny: Sie weiß noch nichts davon. Ich meine, sie weiß noch nicht, dass ich auswandern werde.

Divy: Du willst echt auswandern? Bist du dir sicher?

Jenny: Absolut.

Divy: Wow, spannend.

Jenny: Finde ich auch.

Divy: Gibt es einen, der dich vermissen wird? Also: Hast du 'nen Freund? Hier oder in Australien?

Jenny: Nein. Und du? Hast du eine Freundin?

Divy: Nee.

Jenny: Wie soll sie denn so sein, deine Freundin?

Divy: Halt sympathisch, schön, weiß nicht, das weiß ich erst, wenn ich sie sehe.

Jenny: Ha, typisch Jungs, schauen nur aufs Äußere ...

Divy: Na ja, reden sollte man mit ihr auch können.

Jenny: Worüber denn?

Divy: Über Würfelquallen zum Beispiel.

Jenny: Haha, sehr witzig.

Divy: Wer blöde Fragen stellt, bekommt ...

Jenny: Danke. Noch eine blöde Frage, aber diesmal bitte keine blöde Antwort: Also, ich habe da eine Freundin, sie ist in einen Jungen verknallt, den ich kenne, aber er beachtet sie nicht. Was soll sie tun? Ich will ihr helfen, hab aber selbst keine Ahnung, wie.

Divy: Auf meiner Seite nachsehen, da steht alles Wichtige drin. Sorry, aber ich muss jetzt offline gehen. Bei uns gibt's Abendessen.

Jenny: Guten Appetit!

Als ich den Laptop herunterfahre, muss ich niesen. Das geht schon den ganzen Tag so. Außerdem stelle ich fest, dass mir inzwischen beim Schlucken der Hals wehtut. Das gibt es doch nicht! Bitte, bitte, jetzt keine Grippe!

ein traumjob

Natürlich hat sie mich doch erwischt, die Grippe. Ab Freitagnachmittag bin ich total fertig, liege mit hohem Fieber im Bett und lasse mich von meiner Mutter pflegen. Auf einmal ist sie wieder ganz besorgt um mich und bringt mir Suppe und Tee ans Bett. Vielleicht sollte ich mich immer krank stellen, damit ich nicht ständig Zoff mit ihr habe und sie sich mal richtig um mich kümmert?!

Emily ruft am Wochenende auch ab und zu an, um sich nach mir zu erkundigen. Ansonsten schlafe ich die meiste Zeit, döse vor mich hin und träume von Australien, süßen Kängurus und dem blauen Meer.

Sonntagabend geht es mir wieder etwas besser und ich kann wenigstens ab und zu an den Laptop gehen und im Schülerchat surfen. Mit Divy habe ich jetzt regelmäßig Kontakt und tausche mich mit ihm eifrig über Australien und unser Leben aus. Der scheint wahnsinnig nett zu sein, bestimmt sieht er auch super aus.

Natürlich lasse ich mir für Montag eine Entschuldigung von meiner Mutter schreiben – Gesundheit geht ja wohl vor Schule – und genieße die ruhigen Stunden alleine im Haus.

Keine nervigen Stiefbrüder, die das Bad blockieren und ständig Krach machen. Herrlich!

Am Nachmittag mache ich einen kleinen Spaziergang um den Block, um frische Luft zu schnappen und meinen heftigen Schnupfen auszukurieren. Dabei entdecke ich zufällig an einem Baum einen Zettel mit einem Gesuch, das mich sofort interessiert. Ein Herr Wieland, der anscheinend in unserer Nachbarschaft wohnt, sucht einen Hundesitter für seinen Mops. Das wär's doch!

Endlich könnte ich mein maues Taschengeld aufbessern und für Australien und die Handykarte sparen. Als mir dabei mein Flugticket einfällt, für das ich noch 200 Euro zusammenkratzen muss, wird es mir etwas schummrig in der Magengegend – Geld kann ich auf jeden Fall gebrauchen und Hunde mag ich auch sehr.

Außerdem kann mich Mama dann nicht mehr an meinen freien Nachmittagen als ihr kostenloses Kindermädchen einsetzen, die Zeiten sind jetzt endgültig vorbei!

Als ich von meinem Regenerations-Spaziergang zurückgekehrt bin, renne ich schnell in mein Zimmer und wähle aufgeregt die Telefonnummer, die auf dem Zettel steht.

Sofort meldet sich ein älterer Mann: »Wieland, Guten Tag.«

Nervös sage ich: »Maya hier, ich bin Ihre Nachbarin und habe gerade gesehen, dass Sie dringend einen Hundesitter suchen. Ich würde das gerne machen und wollte mich deswegen bei Ihnen melden. Ich liebe Hunde über alles.«

Freundlich antwortet er: »Bis jetzt hat sich bei mir noch niemand anderes gemeldet, du kannst also gerne mit meinem Mops Gassi gehen. Ich würde dir fünf Euro die Stunde zahlen und wäre froh, wenn du ihn mehrmals die Woche ausführen würdest, ich bin nicht mehr so fit in meinem Alter. Wenn du willst, kannst du morgen Mittag direkt vorbeikommen.«

Ich mache innerlich einen kleinen Freudensprung, sage natürlich sofort zu und verabschiede mich sehr höflich. Herr Wieland soll schließlich den allerbesten Eindruck von mir haben! Jetzt geht es mir schon wieder viel besser und die Grippe ist fast wie weggeblasen.

Chats mit mr. divy

Heute kann ich wieder in die Schule gehen und freue mich darauf, Emily von meinem Hundesitter-Job zu erzählen.

Doch Emily lässt mich kaum zu Wort kommen und berichtet mir, dass sie alles Mögliche versucht hat, um etwas Neues über die rätselhaften Maya-Fotos herauszufinden, aber dabei recht erfolglos war. Winni konnte sie nicht erreichen, weil die auch seit gestern krank ist und ihre Mutter sämtliche Anrufer abwimmelt, da ihre Tochter absolute Ruhe brauchte.

Mark Colling und seine Clique haben anscheinend nach mir gefragt und wollten wissen, ob ich das Referat für sie schreibe.

Emily hat ihnen geantwortet, sie wisse es nicht und dass ich sehr krank sei. Ich finde das gut, denn die stinkfaulen Jungs können ruhig auch mal etwas für die Römerprojektwoche tun und nicht die ganze Arbeit mir überlassen. Dass ich ein ähnliches Referat schon in meiner ehemaligen Schule gehalten habe, werde ich ihnen erst mal nicht erzählen.

Nach der Schule mache ich es mir mit zwei Mandarinen, einer Banane und einer Handvoll Walnüssen auf meinem Bettsofa gemütlich und blättere in einer Mädchen-Modezeitschrift. Die Jungs sind

mal wieder beim Training – die scheinen auch nichts anderes als ihren Sport zu kennen – und Basti ist bei einem Freund aus seinem Kindergarten, deshalb herrscht wohltuende Stille im Haus.

Während ich mir die Walnüsse in den Mund schiebe, denke ich darüber nach, wie »mein« Divy aussehen könnte, mit dem ich in den letzten Tagen ja regelmäßig gechattet habe. Ich habe nun erfahren, dass er Tiere mag, dass er Biologie studieren will, am liebsten Meeresbiologie, und dass er genauso tauchbegeistert ist wie ich. Er kennt sich zudem supergut mit der Kultur Australiens aus und weiß einiges über die Ureinwohner, die Aborigines.

Weil ich über diese Dinge bisher wenig wusste, habe ich, bevor ich meine Meinung eingetippt habe, sogar extra bei Wikipedia nachgeschaut, damit er mich auch ernst nimmt.

Das ist ja das Geile am Internet: Man kann sich sofort alle wichtigen Infos holen oder abtauchen in eine völlig andere Welt und innerhalb von ein paar Sekunden eine ganz andere Rolle einnehmen als in der Realität. Es ist so einfach, sich im Netz zu verstellen. Keiner sieht es, wenn man klein und unsicher ist und ständig rot anläuft. Unwissenheit, Erfolglosigkeit, Traurigkeit, Wut, alle negativen Dinge, mit denen man sich lächerlich oder unbeliebt machen kann, lassen sich hier super verbergen. Andererseits kann man voll einen auf cool und happy machen, auch wenn man sich gar nicht so fühlt.

Ich habe mich ehrlich gesagt auch ein kleines bisschen selbstbewusster, selbstständiger, tougher dargestellt, als ich eigentlich bin, und meine Probleme mit meiner neuen Familiensituation einfach weggelassen. Brüder? Habe ich nicht. Punkt.

Ob Divy sich auch verstellt hat? In meiner Vorstellung ist er groß und sportlich, aber vielleicht ist er ja klein, dick, rothaarig? Wie auch immer, er ist jetzt mein persönlicher Chatfreund, egal, wie er aussieht, ob mit oder ohne gegelte Haare, und ich würde ihn wirklich gerne irgendwann auch persönlich kennenlernen.

Heute Vormittag, in der großen Pause, als ich Emily von ihm erzählt habe, hat sie mich gefragt, ob ich mich in ihn auch verlieben könnte. Keine Ahnung, kann man sich in einen verlieben, den man noch nie in seinem Leben gesehen hat und den man nur aus Mails kennt? Ist das denn nicht auch etwas gefährlich?

Verlieben in Divy? Ich weiß nicht so richtig. Eigentlich will ich mich gar nicht verlieben, da ich ja ohnehin bald auswandern werde. Divy in Deutschland, ich in Australien, wie sollte das gehen? Ein Mausklick hier, ein Mausklick dort, vielleicht noch eine Webcam, damit man sich sieht, aber das reicht doch nicht. Mein Freund soll mich umarmen können, mich streicheln und küssen, und das nicht nur in den Schulferien. Fernbeziehungen gehen sowieso meistens schief, man sieht das ja super an Mama und Papa.

Aber ich will darüber gar nicht weiter nachdenken, es sind ja nur noch knapp vier Monate, bis ich nach Australien fliege, da lohnt es sich nicht, sich zu verlieben und möglicherweise eine Beziehung mit einer Internetbekanntschaft zu starten.

Bis zu den Sommerferien, so habe ich das für mich beschlossen, werde ich mich einfach nicht mehr über meine Stiefbrüder aufregen, sondern ihnen aus dem Weg gehen, um alle Streitigkeiten zu meiden. Das Thema »Foto« will ich zwar schon noch einmal ansprechen, bevor ich abreise, aber zuerst will ich weitere Beweise dafür sammeln, dass mein Bild tatsächlich von Tom und Kalle verschickt wurde.

Winni soll, sobald sie wieder gesund ist, damit rausrücken, was es mit diesem Bauchnabelpiercing-Foto auf sich hat und welche Bilder von mir sonst noch so im Netz kursieren.

Meine Gedanken werden von Schritten auf der Treppe unterbrochen. Wer ist das? Ich lausche. Das hört sich nach meiner Mama an. Es klopft an meiner Tür, und wie erwartet kommt sie herein.

»Maya?«, fragt sie. »Hast du noch was zu waschen?«

»Nein«, sage ich und widme mich wieder der Modezeitschrift.

»Dein Zimmer ist jetzt so schön!«, schwärmt Mama und sieht sich bei mir um. »Findest du nicht? Hier lässt es sich doch prima leben, oder?«

»Ja, doch«, antworte ich langsam, obwohl ich finde, dass sie übertreibt. Okay, zugegeben, das neue Sofa ist bequem, und die Regale, die Jens gekauft und aufgestellt hat, sind praktisch. Das Flohmarkt-Tischchen, das Mama mir lackiert hat, wirkt mit der Vase und den Tulpen auch ganz dekorativ. Aber das ändert doch nichts an der Situation, dass ich gezwungen bin, in einem stinklangweiligen Kaff mit zwei nervigen Stiefbrüdern die schönste und aufregendste Zeit meines Lebens völlig zu vergammeln.

»Ich glaube, so allmählich fühlst du dich auch wohl hier, Maya, hab ich recht?« Sie wartet auf eine Bestätigung und ich brumme ohne rechte Überzeugung ein »Ja, ist okay«.

Gleichzeitig habe ich ein schlechtes Gewissen, weil sie sich zurzeit richtig abrackert, damit es uns hier gefällt und sie es allen recht machen kann.

Sie ahnt überhaupt nichts von meinem Entschluss, künftig bei Papa zu leben, deshalb tut sie mir fast ein bisschen leid. Dass ich nach Australien auswandern werde, soll sie trotzdem erst erfahren, wenn ich das Flugticket habe.

Für Papa wird es auch eine Überraschung werden! Ich will einfach so vor seiner Tür stehen, dann kann er nämlich keine Einwände vorbringen. Aber der ist sowieso total locker und obercool!

»Schau mal, vor dem Fenster!«, ruft Mama entzückt. »Da turnen zwei Eichhörnchen im Ahorn, direkt vor deiner Nase! Hast du die schon einmal gesehen?«

»Die sind oft da«, sage ich und wundere mich ein bisschen über Mamas großes Interesse an den Eichhörnchen.

»Was hast du denn heute Nachmittag vor?«, fragt Mama weiter. »Sollen wir vielleicht mal wieder zusammen shoppen gehen? Nur wir zwei Frauen? Ich glaube, du könntest ein paar neue Sachen brauchen.«

Was soll das nun wieder? Seit wann drängt sie mir Klamotten auf? Normalerweise muss ich darum betteln! Ich vermute, sie hat gemerkt, dass sie in letzter Zeit nicht besonders nett zu mir war. Doch ihre Reue kommt jetzt leider etwas zu spät – dass ich auswandern werde, ist beschlossene Sache. Da helfen auch keine H & M-Klamotten mehr!

»Heute habe ich keine Zeit«, teile ich ihr mit. »Ich habe einen Hundesitter-Job angenommen, hab euch doch gestern Abend davon erzählt. Herr Wieland muss sich auf mich verlassen können, ich kann jetzt nicht mehr einfach so nachmittags shoppen gehen oder babysitten.«

»Okay, ist ja kein Problem. Dann gehen wir ein anderes Mal

shoppen, wenn du Zeit hast. Wie viel verdienst du denn bei Herrn Wieland?«

»Pro Stunde bekomme ich fünf Euro, also insgesamt ungefähr zwanzig Euro die Woche.«

»Das ist ja nicht schlecht.« Mama scheint beeindruckt zu sein. »Was hast du denn vor mit dem Geld?«

»Eine neue Handykarte kaufen«, behaupte ich, auch wenn das so nicht ganz stimmt. Eigentlich will ich das Geld lieber für Australien sparen.

»Na gut, wenn du dann noch genügend Zeit zum Lernen hast. Die Schule geht vor!«, sagt Mama bestimmt.

»Es sind ja nur ein paar Stunden pro Woche«, sage ich wegwerfend. »Ich muss mir die Zeit nur gut einteilen. Wie spät ist es überhaupt?«

»Halb fünf«, sagt Mama und sammelt das gebrauchte Geschirr ein, das auf meinem Tischchen steht.

»Oh, dann muss ich gleich los.« Ich lege das Heft weg, springe auf und schlüpfe in meine Turnschuhe.

»Na dann viel Spaß mit dem Mops«, lacht Mama, während sie die Treppe runtergeht. »Wie heißt er denn überhaupt?«

»Erwin«, rufe ich ihr nach und will gerade meine Jeansjakke anziehen, als das Telefon klingelt. Es ist Emily, die mir mal wieder die neuesten Infos zum Thema »Piercingfoto« mitteilen will.

»Stell dir vor, Winnis Mutter lässt sie immer noch nicht ans Telefon«, berichtet sie. »Angeblich schläft sie die ganze Zeit. Ich habe gerade angerufen.«

»Ist sie tatsächlich so lange krank?«, frage ich erstaunt. »Sie war ja ganz schön lange nicht in der Schule, oder?«

»Ja, über eine Woche.«

»Was hat sie denn? Grippe, so wie ich?«

»Nein, Windpocken, glaube ich.«

»Was? Windpocken? Die kriegt man doch im Kindergartenalter. Na, kein Wunder, dass sich unsere Modetussi nicht mehr aus dem Haus traut, die sieht sicher furchtbar aus!«

»Ja, jedenfalls hat Winni hohes Fieber und ist vorerst nicht zu sprechen ... Deshalb konnte ich sie auch noch immer nicht fragen, was sie von den Handyfotos weiß. Aber dich scheint das ja sowieso nicht mehr großartig zu interessieren, oder?«

Emily hat den Nagel auf den Kopf getroffen, denn seit ich das Ticket nach Sydney gebucht habe, sind mir Tom, Kalle und alle nervenden Jungs auch nicht mehr so wichtig. Was soll ich mich ständig über Gerüchte und ein dämliches Handyfoto aufregen, wenn ich eh nicht mehr lange hier bin?

»Hallooo! Maya, ich habe dich etwas gefragt ...«, sagt Emily und reißt mich aus meinen Gedanken. »Spinnt dein Telefon oder hörst du mir nicht zu?«

»Doch, klar, ich höre dir zu. Wir können Winni fragen, ob meine Fotos im Internet kursieren, aber wir sollten besser warten, bis sie wieder gesund ist. Ihre Mutter ist sicher schon etwas genervt von den Anrufen.«

»Hast recht«, sagt Emily, »aber bei den anderen können wir uns ja auch noch umhören. Und morgen triffst du doch die Jungs bei den letzten Vorbereitungen zum Römerprojekt, dann kannst du sie auch noch ein bisschen aushorchen ... Was machst du eigentlich heute Nachmittag? Hast du Lust, ins Café zu kommen? Es gibt heute Schwarzwälder Kirschtorte, ganz frisch.«

»Geht leider nicht«, sage ich bedauernd. »Ich muss gleich los zu meinem Hundesitter-Job. Du weißt schon.«

»Stimmt, das hätte ich ja fast vergessen.« Emilys Stimme klingt etwas enttäuscht. »Na ja, also dann bis morgen, Maya, und viel Spaß mit dem Hund.«

»Ciao, Emily. Danke für deinen Anruf, wir sehen uns morgen in der Schule!«

Jetzt aber los, ich will nicht direkt am ersten Tag unpünktlich bei Herrn Wieland erscheinen! Schnell setze ich vor dem Spiegel meine rote Strickmütze auf, schlüpfe in Jeansjacke und Turnschuhe und rase aus dem Haus.

Als ich ganz außer Atem vor Herrn Wielands Gartentor stehe und klingle, öffnet sich kurz darauf die Haustür und Erwin, der Mops, stürmt mir entgegen. Er begrüßt mich mit einem Bellen, beschnüffelt meine Schuhe und wedelt mit seinem Stummelschwanz.

Herr Wieland drückt mir die Hundeleine in die Hand, die ich an Erwins Halsband befestige, und freut sich, dass Erwin mich anscheinend direkt in sein Hundeherz geschlossen hat.

»Komm, Erwin«, sage ich und kraule ihn an den Ohren, »jetzt gehen wir Gassi.«

Weil das Wetter heute so schön ist, entscheide ich mich für einen längeren Spaziergang in dem Wäldchen, das an unser Wohngebiet grenzt. Erwin scheint von der neuen Route begeistert zu sein, er trippelt, schnüffelt und hört auch nach einem längeren Marsch durch Waldwege in seinem Bewegungsdrang nicht auf, an der Leine zu ziehen.

Als er unter einer Buche sein Geschäft erledigt, höre ich hinter mir ein Rascheln und drehe mich um.

Ein Welsh Terrier sprintet herbei, schnüffelt an Erwins Hinterteil, was dem Mops missfällt, denn er fängt an, höchst bedrohlich zu knurren. Der Terrier beantwortet das Knurren mit einem lauten Bellen, und ich stelle mich schon auf einen zähnefletschenden Hundekampf ein, als jemand pfeift.

Der Terrier macht kehrt und prescht los, um dem Befehl seines Herrchens Folge zu leisten. Ein großer schlaksiger Junge nimmt ihn an die Leine und kommt allmählich näher.

»Lizzi ist noch jung«, erklärt er, als er neben mir steht und seinen Hund streichelt, »sie will immer spielen und kann noch nicht einschätzen, mit welchem Verhalten sie andere Hunde provoziert.«

»Ist Lizzi dein Hund?«, frage ich.

»Eigentlich gehört er meiner Mutter«, sagt er und lässt seine Augen über mein Gesicht wandern. »Seit wann führst du denn Erwin aus?«

»Du kennst ihn?«, frage ich überrascht.

»Ja klar, jeder, der in der Gegend wohnt, kennt Herrn Wieland und seinen Erwin. Die beiden sind ein Herz und eine Seele. Aber dich habe ich noch nie hier gesehen, bist du neu in der Stadt?«

»Stimmt.«

Ich mustere den Jungen, der so alt wie Tom sein dürfte. Er trägt unter seiner schwarzen Lederjacke ein weißes T-Shirt, das gut zu seinen dunkelblauen Augen passt. Wie alle älteren Jungs lässt er mich erst einmal verstummen, und ich weiß nicht so recht, was ich mit ihm reden soll. Er ist anscheinend auch nicht der geborene Alleinunterhalter und wir stehen uns etwas verlegen gegenüber.

»So, ich muss allmählich wieder zurück«, sage ich schließlich und ziehe an Erwins Leine.

»Wir können ja gemeinsam zurückgehen«, schlägt er vor. »Ich heiße übrigens Julian.«

»Ich bin Maya.« Als ich meinen Namen nenne, wirft er mir einen erstaunten Blick zu und seine rechte Augenbraue geht leicht nach oben. Das verunsichert mich noch mehr.

»Hast du Geschwister?«, fragt er mich auf dem Rückweg.

»Na ja, richtige Geschwister eigentlich nicht. Aber drei Stiefbrüder, die heißen Basti, Kalle und Tom«, antworte ich Julian.

»Ah ja, Kalle und Tom sind doch so alt wie ich, oder?«, fragt er weiter.

»Ja, wieso? Kennst du die beiden etwa?«

»Nur flüchtig. Wir sind im selben Sportverein, aber nicht in derselben Schule.«

Dass er meine Stiefbrüder kennt, behagt mir gar nicht. Wir laufen schweigend nebeneinander her und bleiben stehen, wenn die Hunde an einem Baum herumschnüffeln. Als sein Terrier wie verrückt an der Leine zieht, debattieren wir darüber, wie viel Auslauf Hunde brauchen. Ich erzähle ihm, welche Rassen ich am liebsten habe, und frage ihn, ob er es ratsam findet, einen Hund aus dem Tierheim zu holen.

Als wir schon fast an unserem Haus angelangt sind, kommt uns ein etwa fünfzehnjähriges auffallend hübsches Mädchen, das er zu kennen scheint, entgegen. Sie lächelt. Die beiden grüßen sich flüchtig, doch an seinem zusammengekniffenen Mund erkenne ich, dass ihm die Begegnung nicht so angenehm war.

Auf meine Frage: »War das ein Mädchen aus deiner Klasse?«, antwortet er nicht, sondern macht eine wegwerfende Geste.

Weil dann eine peinliche Pause zwischen uns entsteht, bemühe ich mich krampfhaft, durch Kommentare zum Wetter das Gespräch in Gang zu halten.

Doch Julian wirkt jetzt irgendwie verstockt, unerreichbar, so als ob er plötzlich eine Jalousie ganz heruntergezogen hätte. Es schüchtert mich ein, dass er auf einmal so abweisend und verschlossen wirkt.

Als wir an dem Haus, in dem er wohnt, ankommen, krault er Erwin zum Abschied am Kopf. Zu mir sagt er aber nur: »Tschüs, man sieht sich«, und verschwindet sofort hinter einer Straßenbiegung.

Ich weiß nicht, was ich von ihm erwartet habe. Eigentlich nichts, aber wenn er mich schon unbedingt begleiten will, hätte er sich doch wenigstens ein bisschen freundlicher verabschieden können, finde ich.

Irgendwie ist er genau der Jungstyp, mit dem ich manchmal Schwierigkeiten habe. Er ist groß, hat schöne blaue Augen und eine sportliche Figur, und trotzdem ist er jemand, der durch sein zurückhaltendes Wesen unnahbar wirkt.

Da sind mir doch Jungs, die offen, witzig und trotzdem einfühlsam sind, lieber – so wie Divy eben. Leider gibt es von dieser Art nur sehr wenige.

Am Abend gehe ich ins Internet, um nachzusehen, ob ich Post habe oder ob Divy im Chat ist. Er ist es!

Jenny: Hallo, Divy. Stell dir vor, das Ticket nach Sydney ist gebucht! Das heißt, am ersten August düse ich los zu den Kängurus. Juhu!

Divy: Pass auf, dass Du Dich nicht auf eine Spinne setzt. Der Biss der Redback Spider ist sehr schmerzhaft.

Jenny: Danke für die Aufklärung.

Tamtam: Ihr habt ja seltsame Themen. Gibt es in Australien nicht nettere Tierchen?

Jenny: Doch, jede Menge. Zum Beispiel Koalabären.

Tamtam: Sind das die, die Eukalyptusblätter fressen?

Jenny: Genau.

Divy: Oh, wie süüüß!!

Jenny: Tu bloß nicht so, ich weiß genau, dass Du Schlangen spannender findest.

Tamtam: Eure Themen nerven, ich verzieh mich!

Jenny: Wie findest Du eigentlich die Musik der Aborigines? Und ihre Blasinstrumente?

Divy: Das Didgeridoo?

Jenny: Yep.

Divy: Klingt stark. Du kannst mir ja eins mitbringen!

Jenny: Kann man das denn überhaupt exportieren? Das ist doch auch so ein mystisches Instrument, soweit ich weiß.

Divy: Didgeridoo-Töne sollen ein gutes Training für die Hals-, Mund- und Atemmuskulatur sein. Angeblich kann man Schnarchen und nächtliche Atemstillstände damit verhindern.

Jenny: Schnarchst Du?

Divy: Kann schon sein. Seh gerade, dass es schon spät ist. Ich muss los zum Training. Ciao. Bis bald.

Ich bin etwas enttäuscht, dass Divy heute nur so kurz im Netz war.

Weil ich keine Lust habe, meine Hausaufgaben zu machen, klicke ich mich nicht aus, sondern verfolge eine Diskussion zum Thema »Wie ticken Mädchen?«:

Partyboy: Jungs machen manchmal auf große Macker, okay, aber so fies wie Mädchen sind sie nicht. Einmal hatte ich mich aufgerafft und einer tollen Blondine, die mir gefiel, einen Liebesbrief geschrieben. Daraufhin hat ihre Freundin den Brief vor der ganzen Clique vorgelesen, Zeile für Zeile, und alle haben sich totgelacht. Seitdem schreibe ich keine Liebesbriefe mehr, echt.

Mike202: Meine Schwester hat aber gesagt, Mädchen stehen auf so was.

Robowill: Was hat es zu bedeuten, wenn Mädchen Zettel zum Ankreuzen verschicken, auf denen steht: »Willst du mit mir gehen? Ja. Nein. Vielleicht«, und sie einem Jungen unterschieben? Darf der Junge dann echt annehmen, dass das Mädchen Interesse an ihm hat? Dass er ihr gefällt? Oder soll er den Zettel einfach zusammenknüllen, in den Papierkorb werfen und ignorieren?

Partyboy: Ich würde den Zettel ignorieren. Ist doch eh eine Verarschung.

Tamtam: Warum denn so negativ, Jungs? Ich als Mädchen kann nur sagen, vertraut Eurem Bauchgefühl und schmeißt den Zettel nicht gleich in den Papierkorb. Gefällt sie Euch, kreuzt »Ja« an, wenn nicht, dann trotzdem »Vielleicht«. Mit einem »Nein« macht ihr euch Feinde, und das muss ja nicht sein. Aber nehmt so einen Zettel bloß nicht zu ernst. Mädchen wollen manchmal einfach nur ihren Spaß haben. Alles klar?

Partyboy: Mädchen sollten Signale aussenden, wenn sie von Jungs etwas wollen. Lächeln und so.

Robowill: Ja, aber nur, wenn sie solo sind.

Mike202: Mädchen dürfen aber ruhig auch mal den ersten Schritt tun. Zum Beispiel nach der Handynummer fragen.

Partyboy: Aber bitte nur die Hübschen!

Ich überlege, ob ich auch einen Kommentar schreiben soll, lasse es aber. Irgendwie macht das Chatten einfach nicht so viel Spaß, wenn Divy fehlt.

kuss mit toga

Bis zu meiner Abreise sind es noch genau 79 Tage! Das ist eine ganz schön lange Zeit, die ich so angenehm wie möglich verbringen möchte. Seit mein Entschluss feststeht, geht es mir viel besser.

Über Kalle und Tom rege ich mich kaum noch auf und die Schule ist auch eher amüsant als unerträglich.

Emily und ich stehen nach dem Sportunterricht im Umkleideraum und schälen uns aus unseren verschwitzten Sportklamotten.

»Nächste Woche schwänze ich wieder«, stöhnt sie und nestelt an ihren Turnschuhen. »Sport ist Mord.«

»Na ja, manchmal tut es auch ganz gut, wenn man sich bewegt«, behaupte ich ganz altklug und ziehe meinen Pullover über den Kopf.

»Und jetzt auch noch die doofe Römerwoche«, klagt Emily, die sich gerade ihren Schuh zubindet. »Schade, dass du nicht in meiner Gruppe bist. Mona, Isi und Lena sind so kindisch und ständig nur am Kichern.«

»Da fällt mir die Diskussion im Chat ein, die ich gestern verfolgt habe«, sage ich und muss lachen. »Du bist aber fast nie im Chat, oder?«

»Nein«, sagt Emily, »ich will die Leute lieber sehen, mit denen ich rede. Mir ist das Chatten echt suspekt und meine Eltern warnen mich auch immer davor.«

»Ach, das ist doch typisch Eltern, die kapieren ja nicht mal, wie man einen Computer anschaltet. Jedenfalls, ich war gestern im Chat, als sich ein paar Jungs darüber ausgetauscht haben, wie man an Mädchen rankommt. Sie haben sich über Mädchencliquen beschwert, weil man dann nie die Chance hat, mit einer alleine zu sprechen. War voll witzig.«

»Mir kommt es eher so vor, dass man an die netten Jungs nicht rankommt, weil sie von lauter kindischen Typen umringt sind«, erklärt Emily.

»Eben, so sehe ich das nämlich auch. Aber pass auf, ich habe dann noch diesen Divy aus dem Internet, du weißt schon, den, der auch mal in Australien war, gefragt, was man tun kann, damit man von einem Jungen beachtet wird ...«

»Und was hat er gesagt?«

»Mädchen sollten Signale geben. Augenkontakt, Lächeln und so. Dann würden die Jungs ermutigt und den nächsten Schritt tun, also nach der Nummer fragen, ins Kino einladen oder so.«

»Man soll also warten?«, fragt Emily enttäuscht.

»Nein, nicht unbedingt. Mädchen sollen ruhig auch mal die Initiative ergreifen, wenn ein ehrliches Interesse besteht, hat er gesagt.«

»Echt?«, fragt Emily. »Meinst du, ich soll bei Lukas auch ... Aber wie? Ich kann doch keinen Liebesbrief schreiben, oder?«

»Bloß nicht. Bei Jungs kommt das null an. Divy meint, dass romantische Anwandlungen und Liebeserklärungen auch bei

Mädchen out sind. Wozu die Mühe eines Liebesgedichts, hat er gesagt, wenn ein SMS-Kürzel denselben Effekt hat?«

»Ich soll ihm also eine SMS schicken«, sagt Emily und sieht ziemlich ratlos dabei aus. »Ich kenne ja aber nicht mal seine Nummer.«

»Die kann ich herausfinden, wenn du das willst«, sage ich. »Ich frage einfach meine Brüder.«

»Und was soll ich ihm simsen? *Ich lade dich zu einer Erdbeertorte ein*, oder was? Er weiß ja nicht einmal, wer ich bin.«

»Vielleicht fällt uns ja auch noch etwas anderes ein«, sage ich und klopfe ihr auf die Schulter, während wir den Umkleideraum verlassen und zurück in Richtung Schule traben.

»Na endlich!«, empfängt uns Nick, als wir ins Klassenzimmer kommen, und zieht mich in den hinteren Teil des Raums, wo sich bereits die Gruppe »Römische Kleidung« versammelt hat.

»Wir warten schon ewig auf dich«, murrt David.

»Allein krieg ich das Ding jedenfalls nicht an«, sagt Mark und zeigt auf die Toga. »Du bist die Einzige, die weiß, wie man die bindet.«

»Ihr hättet euch ruhig auch informieren können. Das steht alles im Internet«, sage ich und hole aus meiner Tasche die Ausdrucke aus dem Internet, »und das Referat habe ich praktisch auch alleine vorbereitet.«

Dass der größte Teil aus meinen alten Unterlagen stammt, binde ich ihnen natürlich nicht auf die Nase. Sollen sie mich ruhig für superfleißig halten.

»Wozu hat man ein Mädchen in seiner Gruppe?«, feixt David und ich haue ihm zur Strafe mit meinem Heft auf den Kopf.

»Lass sie doch«, sagt Mark. Er legt seinen Arm um mich und verhindert dadurch Davids Kitzelangriffe.

»Wo sind denn unsere Römerfotos?«, fragt Nick. »Die, die du ausgedruckt hast, Wilhelm.«

»Genau«, sagt Mark, »die könnt ihr schon mal an die Pinnwand hängen.«

»An welche denn?«, will David wissen, da das Klassenzimmer ganz umgeräumt und durch viele Stellwände, die sich alle als Pinnwände eignen, in Kammern gegliedert ist.

»Das darfst du dir ausnahmsweise selbst aussuchen«, grinst Mark.

»Hier«, sagt Wilhelm, holt einen Stapel aus seinem Rucksack und reicht ihn David, der mit Nick auf die andere Seite des Klassenzimmers wandert. Mark, Wilhelm und ich bleiben an der Türseite stehen.

»Du willst dich nicht als Römerin verkleiden?«, fragt Mark und stupst mich leicht am Kinn.

»Nein, bloß nicht«, wehre ich ab. »Du hast dich als Römer zur Verfügung gestellt, und dabei bleibt es.«

»Na dann, auf was warten wir noch?« Er zieht die Augenbrauen hoch und lächelt mich sehr süß an.

»Hast du überhaupt das römische Bürgerrecht?«, frage ich zum Spaß. Doch er kann mit meiner Frage offensichtlich nichts anfangen.

»Nur Personen, die das römische Bürgerrecht besaßen, durften die Toga als äußeres Zeichen von Stand und Würde tragen«, sagt Wilhelm vorlaut und schiebt seine Brille ein Stück höher. »Sklaven, Nichtrömern und Frauen war das nämlich gar nicht erlaubt.«

»Und es war genau festgelegt, wie die Toga zu drapieren war«, ergänze ich.

»Na, dann drapiere mal«, sagt Mark und macht seinen Oberkörper frei, sodass ich gezwungen bin, seine muskulösen Schultern und seine leicht gebräunte Haut in Augenschein zu nehmen.

[redacted] zu Wilhelm und be- [redacted] ppe ich den Inter- [redacted] Anlegen einer Toga [redacted] ich ab und geht zu [redacted] streiten, an welcher Stelle welches Bild zu befestigen ist.

Mark und ich sind nun ganz allein.

»Also«, sage ich zu ihm. »Lege dir die Toga so über die linke Schulter, dass das gerade Stück zum Hals liegt und der Gewandzipfel vorne bis zum Fuß herabhängt.«

»Häh?« Er sieht mich fragend an. »Das musst du mir schon zeigen.«

Er kommt ganz nah an mich heran und ich rieche sein Deo. Ganz vorsichtig, ohne ihn zu berühren, lege ich den Stoff über seine Schulter.

»Und jetzt?«, fragt er und sieht mir direkt in die Augen. Ich spüre, dass mir das Blut in den Kopf schießt.

»Den rechten Arm strecken und die Stoffbahn stramm ziehen«, sage ich, »und dann das Togaende hinter dem Rücken, unter dem rechten Arm, durchziehen.«

»So?«, fragt Mark, schiebt an dem Stoff herum und kommt dabei immer näher an mich heran.

»Nein, so«, sage ich und will ihm eben zeigen, wie der Stoff zu tragen ist, als ich stolpere und ihm entgegenfalle. Sofort schlingt er seine Arme um mich.

»He, lass das«, protestiere ich mit hochrotem Kopf und mache mich von ihm frei.

Weil der Stoff von seiner Schulter gerutscht ist, fast bis auf den Boden, schiebe ich ihn wieder hoch, ohne etwas dabei zu denken.

Mark sagt gar nichts, sondern zieht mich sanft hinter eine Stellwand, wo er mir einen schnellen Kuss auf meine Lippen haucht. Ich bin verwirrt, denn ich habe diesen Zärtlichkeitsangriff einfach nicht erwartet.

»Lass das«, sage ich und stoße ihn von mir weg. Verstohlen drehe ich meinen Kopf, um zu überprüfen, ob uns jemand beobachtet hat, aber alle sind wohl so beschäftigt, dass niemand den kleinen Zwischenfall bemerkt hat.

»So, und nun legst du die Toga noch über deine linke Schulter«, sage ich ganz cool, so als sei nichts gewesen.

»Gehst du mal mit mir ins Kino?«, flüstert Mark und versenkt seinen Blick in meinen Augen. Ich trete zurück und bin froh, dass ich nicht antworten muss, weil Nick herbeitrabt und feixend ruft: »Geil sieht das aus! Voll wie ein Römer!«

»Wer denn?«, schreien die anderen.

Die ganze Klasse ist alarmiert und schart sich nun um Mark, der mit seinem neuen Kurzhaarschnitt und der Toga tatsächlich irgendwie den Abbildungen ähnelt, die man von römischen Fresken oder Mosaiken kennt.

»Fehlt nur noch der Lorbeerkranz«, sage ich und setze ihm einen Plastikkranz auf den Kopf.

Alle lachen, und Nick zückt schon das Handy, um ein Foto zu

machen. Doch diesmal bin ich geistesgegenwärtig genug und entferne mich schnell, damit Nick mich nicht erwischt, denn noch ein Foto, das im Internet die Runde macht, muss echt nicht sein.

»Hast du gut gemacht«, sagt Emily, die plötzlich neben mir steht und mir auf die Schulter klopft.

»Was?«, frage ich und erröte.

»Na, die Toga, das war doch dein Werk, oder?«

»Ja, schon ...«, sage ich und werfe ihr von der Seite einen flüchtigen Blick zu. Ob sie von dem Kuss etwas mitgekriegt hat?

»Wie war's mit ihm? Hat er genervt?«, fragt sie und deutet mit dem Kinn auf Mark Colling.

»Wer? Mark?« Ich lache verlegen. »Nein, er war ganz okay.«

»Sei froh!«, sagt Emily und flüstert mir ins Ohr. »Normalerweise macht er jedes hübsche Mädchen an. Bevorzugt bei Ausflügen, Klassenpartys und Projektwochen.«

Ich kann nicht ganz verhindern, dass ich erneut rot anlaufe.

»Die Toga steht ihm aber gut, findest du nicht?«, sage ich, um meine Verlegenheit zu überbrücken.

Emily schaut mir prüfend ins Gesicht und zuckt dann die Achseln. »Logo, Mark sieht immer super aus. Ich mag ihn trotzdem nicht.«

»Was hat eure Gruppe gemacht?«, frage ich, um endlich das Thema zu wechseln.

»Wir haben römisch gekocht«, erklärt Emily und macht ein verschmitztes Gesicht. »Was, wird nicht verraten, aber nachher dürfen alle probieren.«

In diesem Augenblick klatscht unsere Geschichtslehrerin,

Frau Müller, in die Hände und ruft: »Jetzt machen wir mal eine Pause. Ihr könnt euch stärken und nachher, wenn es klingelt, auch auf den Schulhof gehen. Nach der großen Pause beginnen wir mit den Referaten, alles klar?«

»Musst du das Referat halten oder macht das Wilhelm?«, fragt Emily, während wir an unsere Plätze gehen, um die Pausenbrote zu holen.

»Den ersten Teil übernehme ich, den zweiten Wilhelm«, antworte ich, während ich beobachte, wie Mark umringt von seinen Fans eine Story zum Besten gibt.

Was soll ich ihm nur antworten, wenn er mich noch einmal ins Kino einlädt? Ihn abblitzen lassen oder mitgehen? Emily würde mir natürlich davon abraten, mich mit ihm zu verabreden. Aber vielleicht ist er ja gar nicht so, wie alle glauben.

Ich war selbst überrascht, dass es sich so gut anfühlte, als er meine Haut berührte. Wenn Mark mein Freund wäre und ich in ihn verliebt wäre, könnte ich mich immer an ihn kuscheln und ihn küssen. Aber so ein Zufallskuss bringt einen ja nur durcheinander.

Ich beschließe, mit Divy über das »Kuss-Problem« zu reden, falls ich den richtigen Zeitpunkt finde …

Nachmittags bin ich total ungeduldig und kann kaum darauf warten, in den Schülerchat zu gehen. Ich muss unbedingt mit Divy über den Kuss von Mark reden, der geht mir jetzt nicht mehr aus dem Kopf!

Schnell mache ich meine Hausaufgaben und springe dann sofort an meinen Laptop.

Zum Glück, Divy ist auch online!

Jenny: Muss Dich dringend was fragen, Divy!

Divy: Oh, was gibt's? Schieß los!

Jenny: Was bedeutet es, wenn ein Junge ein Mädchen küsst und sie ins Kino einlädt? Ist er dann verknallt in sie? Oder macht er das nur aus Spaß oder Berechnung?

Divy: Klingt so, als hätte Dich jemand geküsst.

Jenny: Ja, es war aber eigentlich nur ein Küsschen.

Divy: Wünschst du dir ein zweites von ihm?

Jenny: Keine Ahnung. Ehrlich. Kam alles so überraschend.

Divy: Gefällt er Dir?

Jenny: Das ist ja das Seltsame, ich weiß es nicht. Eigentlich gefällt er mir schon, er sieht mega aus, alle Mädchen himmeln ihn an, aber er soll ein Aufreißer sein, der eigentlich nur sich selbst toll findet.

Divy: Beschreib ihn mal.

Jenny: Groß, breite Schultern, blaue Augen, mittelbraune Haare, ganz kurz geschnitten und immer gegelt, trägt meistens eine große dunkle Gucci-Sonnenbrille ...

Divy: Ich kenn auch so einen. Markenheini. Fast alle Mädchen fahren auf ihn ab, nur ich kapiere nicht, wieso.

Jenny: Weil er cool und beliebt ist, natürlich!

Divy: Na und? Ist das alles, was zählt?

Jenny: Du findest wohl lange fettige Haare und alte Klamotten besser!!!!????

Divy: Fettig muss nicht sein. Aber sonst, keine Ahnung. Ich kann einfach nicht beurteilen, welche Jungs Mädchen attraktiv finden. Ich bin eben kein Mädchen.

Jenny: Beschreib doch mal die Jungs, die Du kennst und die Dir gefallen.

Divy: Mann, du forderst einen! Ich schau mir doch keine Jungs an, ob die mir gefallen würden! Aber mal überlegen ... Ich kenne da einen, der ist groß, ein bisschen dürr, trägt eine Nickelbrille und ist das absolute Mathe-Genie.

Jenny: Von dem Typ könnte es tausend Exemplare geben.

Divy: Und was ist mit Computercracks?

Jenny: Die sind immer gut, weil echt brauchbar. Aber sie sollten auch passabel aussehen. Tun sie meist nicht.

Divy: Dann finde ich Jungs gut, die unterhaltsam sind und mit denen man fachsimpeln kann.

Jenny: Über was denn?

Divy: Was weiß ich, Musik, Filme, Sport. Von mir aus auch über Froschzäune oder Veganer.

Jenny: So einen kenne ich auch. Er ist in meiner Klasse.

Divy: Meine Lieblingsspeise ist Spaghetti Bolognese. Ich bin das also nicht.

Jenny: Aber jetzt mal ernsthaft. Soll ich mit dem, der mich geküsst hat, ins Kino gehen?

Divy: Willst Du meine ehrliche Meinung wissen? Wahrscheinlich will er da zum Fummeln hin. Aber vielleicht willst Du das ja auch?

Jenny: Wer sagt das?

Divy: Immerhin beschäftigst Du Dich ganz schön viel mit ihm.

Jenny: Das heißt ja wohl noch nichts.

Divy: Haha!

Tamtam: Hallo, ihr zwei. Habe Eure Diskussion verfolgt und noch einen Tipp für Dich, Jenny: Jungs, die total von sich selbst überzeugt sind, und Aufreißertypen, die muss man zappeln lassen. Dann merkst Du irgendwann, ob Du für sie wirklich wichtig bist.

Divy: Das klingt voll berechnend.

Tamtam: Das muss man manchmal sein!

Divy: Jungs können das nicht, berechnend sein. Sie sind eben die wahren Romantiker.

Tamtam: Dass ich nicht lache!!

Jenny: Soll man seinem Schwarm eine SMS schicken, damit er weiß, dass man sich für ihn interessiert?

Tamtam: Nee, Jungs wollen den ersten Schritt tun.

Divy: Woher weißt Du das? Stimmt doch gar nicht!

Tamtam: Ich finde es jedenfalls besser, wenn die Jungs sich zuerst rühren. Simsen, mailen, telefonieren, Zettel zustecken, was weiß ich. Ich hab mal eine total süße Mail bekommen.

Divy: Und Du meinst, die war ernst gemeint?

Tamtam: Ja, stell dir vor.

Divy: Spielt Dein Schwarm Fußball, Jenny? In einem Verein?

Jenny: Ja, glaube schon, wieso?

Divy: War nur so ’ne Frage.

Tamtam: Soll sie mit ihm zu einem Fußballspiel gehen, oder was?

Divy: Mädels, ich muss raus. Ciao.

Eine Weile chatte ich noch mit Tamtam, dann schalte ich den Laptop aus und gehe in Bastis Zimmer, um ein bisschen mit ihm zu spielen. Ich will nicht mehr ständig an Mark und seinen Kuss denken. Morgen werde ich versuchen, ihm einfach aus dem Weg zu gehen. Ich darf nicht vergessen, dass ich ja gar nicht mehr so lange hier bin. Und deshalb kann ich im Moment niemanden gebrauchen, der mich in ein Gefühlschaos stürzt.

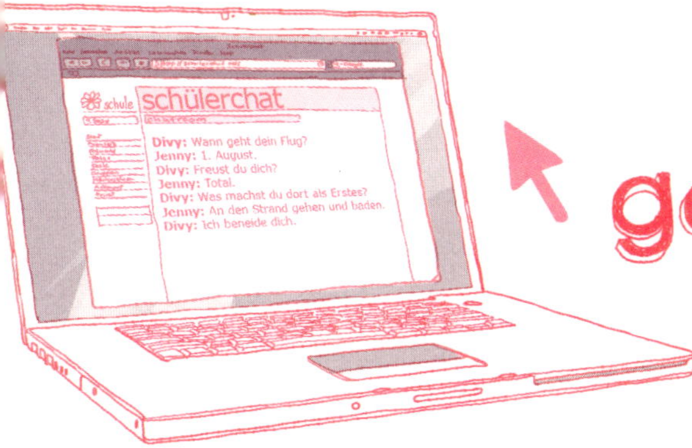

geheime pläne

»Komm endlich rein, du Angsthase!«, ruft Emily. »Das Wasser ist ganz warm!«

Ich stehe in meinem alten roten Badeanzug am Beckenrand und strecke vorsichtig die Zehen ins Wasser. Tatsächlich, das Wasser ist gar nicht so kalt. Langsam gehe ich die Stufen, die in den Hotelpool führen, hinab und stürze mich nach kurzem Zögern ins türkisblaue Wasser. Nachdem ich ein paar Runden geschwommen bin, mache ich neben Emily am Beckenrand halt, stemme mich hoch und setze mich so, dass ich meine Füße im Wasser baumeln lassen kann.

»Es ist superschön hier«, schwärme ich, während ich mich in dem im römischen Stil gestalteten und mit Palmen dekorierten Raum umsehe. »Geil, dass außer uns fast keine Leute da sind.«

»Ja, um diese Zeit ist fast nie was los«, sagt Emily und schiebt sich die nassen Haare aus dem Gesicht. »Übrigens ...Was ich dich noch fragen wollte ...«

»Schieß los ...«

»War ich zu aufgebitcht heute Vormittag?«, fragt sie unsicher.

Sie meint unsere Begegnung mit Lukas im Schulhof, als er

mich auf die Bob-Dylan-CD ansprach, die er Tom geliehen hat und die mir momentan so gut gefällt.

»Ach Quatsch«, sage ich, »du warst doch nur ganz leicht geschminkt, und das schwarze Top, das steht dir wirklich gut, ehrlich.«

»Es hat aber nicht hingehauen«, jammert sie. »Er hat mich überhaupt nicht beachtet.«

»Aber das weißt du doch gar nicht«, versuche ich sie zu beruhigen.

»Es war einfach bescheuert. Er wird sich nie in mich verlieben«, klagt sie. »Wen hat er denn gemeint, als er von diesem Bob Dylan sprach? Wer ist das überhaupt? Von dem habe ich ja noch nie gehört.«

Ich erkläre Emily, um wen es sich handelt und dass ich seine Musik auch erst neulich zum ersten Mal bei Tom gehört habe.

»Und was war eigentlich mit Mark nach der Sechsten?«, fragt sie und runzelt die Stirn. »Was wollte der von dir?«

»Nichts Besonderes«, weiche ich schnell aus, »er hat mir nur gesagt, wie gut er mein Referat fand.«

»Du gefällst ihm«, sagt Emily und grinst. »Pass bloß auf, dass du dich nicht auch noch in ihn verknallst.«

Weil Emily immer und immer wieder davon anfängt, mir vorzuhalten, was für ein Macho Mark ist, erzähle ich ihr lieber nichts von seiner Einladung ins Kino und noch weniger von seinem Kuss. Eigentlich verstehe ich nicht, was sie gegen ihn hat. Er kommt mir gar nicht so machomäßig vor. Angeberisch und frech benimmt er sich nämlich immer nur dann, wenn seine Kumpels mit dabei sind. Wenn wir allein sind, so wie heute Vormittag, als er mich noch einmal gefragt hat, wann wir uns treffen, ist er viel feinfühliger. Und was er für schöne Augen hat!

»Ich verknall mich schon nicht«, sage ich wegwerfend. »Aber mal was anderes: Ist Winni eigentlich immer noch krank?«

»Ja. Stimmt, wir wollten sie noch wegen der Fotos fragen«, sagt Emily und fügt dann hinzu: »Sie kommt erst nächste Woche wieder in die Schule.«

»Mir ist kalt«, sage ich fröstelnd. »Wenn ich nicht sofort unter die heiße Dusche gehe, werde ich auch gleich wieder krank.«

»Du hast zu wenig Speck auf den Rippen«, lacht Emily. »Schau mich an.« Sie kneift in ihre Oberschenkel. »Ich friere nie.«

»Ich will jetzt unter eine warme Dusche«, sage ich bibbernd und stehe auf. »Ich will nach Australien, da ist es immer schön warm.«

Während wir uns das heiße Wasser über Kopf und Schultern laufen lassen, geht Emily auf meine letzte Bemerkung ein und fragt mich, ob ich meinen Plan, nach Australien auszuwandern, nicht endlich aufgegeben hätte. Sie hält das für eine Schnapsidee! Grr, was soll denn jetzt diese blöde Frage? Ich will mit ihr über dieses Thema nicht diskutieren und drehe mich unter der Dusche um. Besser ich erzähle ihr nichts von dem gekauften Flugticket! Womöglich plaudert sie alles noch aus, und dann weiß es bald die ganze Schule.

Emily merkt allerdings nicht, dass ich keinen Bock habe, mit ihr über Australien zu sprechen. Sie quasselt weiter auf mich ein: »Irgendwie kann ich dich ja verstehen, Australien ist ja das absolute Traumland. Aber gleich für immer auswandern? Das ist doch echt etwas krass, oder? Also, für mich wäre das nichts. Wenn ich schon an die fremde Sprache denke!«

»Die lernst du schnell«, fange ich dann doch an, mich zu rechtfertigen.

»Und was ist mit deiner Mutter? Wird sie dir nicht fehlen?«

»Kann schon sein«, sage ich, »aber mein Vater fehlt mir ja jetzt auch. So ist das, wenn die Eltern geschieden sind, einer fehlt immer. Daran muss man sich gewöhnen, auch wenn's wehtut.«

Emily schweigt eine Weile und sagt schließlich: »Manchmal nerven Eltern aber auch doppelt, wenn sie zu zweit sind. Geballte Unterdrückung, wenn du weißt, was ich meine.«

Sie will mich trösten, das merkt man, aber es fällt mir schwer, über ihre Bemerkung zu lachen.

»Du, ich glaube, ich muss jetzt wieder los«, sage ich. »Du weißt ja, ich muss noch mit Erwin Gassi gehen. Außerdem räumt meine Mutter heute die letzten Umzugskisten aus dem Keller und ich soll ihr dabei helfen.«

»Du musst wirklich ganz schön viel im Haushalt tun«, sagt Emily und klingt so, als würde ich ihr echt leidtun.

Als ich vom Hotel aus zurückradle, ist es draußen bewölkt und nieselig. Vorsichtshalber setze ich meine Kapuze auf und ziehe meinen Anorak bis an den Hals zu. Ich steige auf mein Fahrrad, biege am Stadtpark in die Max-Weber-Allee ein und entdecke zu meiner Verwunderung auf der anderen Straßenseite Tom, der mit einem Mädchen verabredet zu sein scheint, denn er hat eine rote Rose in der Hand.

Ich winke ihm kurz zu, aber er sieht mich nicht. An der Ampel drehe ich mich noch einmal um und sehe eine Blondine mit langen glatten Haaren bei ihm stehen. Er überreicht ihr zur Begrüßung die Rose und küsst sie lange auf den Mund, bevor er Hand in Hand mit ihr im Stadtpark spazieren geht. Solche romantischen Anwandlungen hätte ich ihm gar nicht zugetraut, denke ich beim Weiterradeln und muss grinsen.

Zu Hause angekommen, sehe ich schon am Gartentor, dass Mama gerade alte, zusammengefaltete Pappkartons und Styropormüll ins Auto trägt, um sie morgen zum Wertstoffhof zu fahren.

»Bin mit dem Entrümpeln schon fertig!«, ruft sie mir zu. »Soll ich uns jetzt einen Tee machen?«

»Danke, nachher gern, ich muss gleich zu Herrn Wieland und Erwin abholen.«

Ich wasche die nassen Badesachen im Bad aus und hänge sie zum Trocknen auf. Dann stürze ich los, um mit Erwin im Park Gassi zu gehen. Dabei treffe ich zufällig Julian wieder, doch ein richtiges Gespräch ist auch jetzt wieder schwierig. Da wir beide eher schüchterne Typen sind, stehen wir uns nur verlegen gegenüber und halten Small Talk über die Hunde.

Nach dem Spaziergang gehe ich in mein Zimmer und setze mich sofort an den Laptop. Ob Divy im Chat ist?
Yep! Glück gehabt.

Jenny: Was geht ab, Mr. Divy?

Divy: Fühle mich einsam …Es müsste mal etwas Aufregendes passieren … mit ihr und mir.

Jenny: Denkst Du an ein bestimmtes Mädchen?

Divy: Ja, aber sie interessiert sich nicht für mich.

Jenny: Woher weißt Du das?

Divy: Sie ist so schüchtern und redet nicht viel mit mir.

Jenny: Das heißt doch nichts.

Divy: Sie merkt einfach nicht, was in der Luft liegt.

Jenny: Was soll sie denn merken?

Divy: Dass ich sie mag.

Jenny: Dann sag ihr das doch!

Divy: Jetzt tu doch nicht so! Kannst Du einem Jungen, in den Du verknallt bist, sagen, dass Du ihn magst? Das ist doch das Schwierigste, was es gibt.

Jenny: Vielleicht hast Du recht.

Flo777: Mit Liebeserklärungen kann man bei Mädchen auch reinfallen.

Divy: Siehst du, Jenny? Da hast Du's!

Tamtam: Wo liegt das Problem, Jungs?

Divy: Wenn Du das nicht kapierst, kann ich Dir auch nicht helfen.

Tamtam: Ihr seht Probleme, wo eigentlich keine sind. Das Schlimmste, was Euch passieren kann, ist doch, dass Ihr eine Abfuhr bekommt. Wer nichts wagt, gewinnt eben nichts!

Flo777: Das sagt sich so leicht.

Tamtam: Ihr seid mir echt zu kompliziert. Muss raus, ciao.

Divy: Was ist mit Dir, Jenny? Warst Du inzwischen mit Deinem Typen im Kino?

Jenny: Nein.

Divy: Du wartest also noch ab.

Jenny: Yep.

Divy: Wie lange muss er noch schmoren?

Jenny: Weiß noch nicht. Gib mir einen Tipp.

Divy: Nicht zu lange, sonst guckt er sich anderweitig um.

Jenny: Auch egal. Ich bin ja eh bald weg.

Divy: Wann geht Dein Flug?

Jenny: 1. August.

Divy: Freust Du Dich?

Jenny: Total.

Divy: Was machst Du dort als Erstes?

Jenny: An den Strand gehen und baden.

Divy: Ich beneide Dich.

Nicht vergessen! Freitag, 18 Uhr: DATE MIT MARK COLLIN IM SPE

eifersucht

Heute regnet es wie aus Kübeln, und ich komme nicht umhin, einen Schirm mitzunehmen, was ich hasse, denn dann muss man mit einer Hand seine Schultasche auf der Schulter fixieren und in der anderen den Schirm halten. Besonders schwierig ist es, wenn man wie heute zusätzlich das Sportzeug und den Zeichenblock transportieren muss. Aber ich schaffe es irgendwie, in Richtung Schule zu schwanken.

Beim Gehen überlege ich mir, wie ich auf Mark reagieren soll, dem ich im Klassenzimmer gleich begegnen werde. Meine Gefühle ihm gegenüber sind zwiespältig. Einerseits bin ich geschmeichelt, weil ich ihm zu gefallen scheine, andererseits traue ich ihm nicht so ganz über den Weg.

Außerdem frage ich mich, ob es nicht schmerzhaft ist, wochenlang verliebt zu sein und dann auf einmal nach Australien zu verschwinden. Aber vielleicht sollte ich meine Bedenken einfach über Bord werfen. Den Augenblick genießen, egal, was kommt und was die anderen dazu sagen.

Mit Emily kann ich darüber nicht reden, und außer Divy fällt mir auch niemand ein, der mich verstehen könnte. Mal überlegen, mit wem quatsche ich sonst noch? Mit Julian, klar, aber der kommt als Vertrauter im Moment noch nicht in Betracht.

»Hi, Maya, habt ihr heute später Schule?« Die Frage reißt mich aus meinen Gedanken. Überrascht drehe ich mich um und sehe Lukas, der auch auf dem Weg zur Schule ist.

»Die ersten beiden Stunden sind ausgefallen«, antworte ich, »und warum bist du so spät dran heute?«

»War beim Zahnarzt, hatte eine Wurzelbehandlung.«

»Oh, nein!«, sage ich mitfühlend. »Tut's noch weh?«

»Im Moment nicht«, sagt Lukas, »wahrscheinlich erst heute Abend, wenn das Betäubungsmittel nicht mehr wirkt.«

Während wir nebeneinander hergehen, werfe ich einen flüchtigen Blick in sein Gesicht. Er sieht so lässig und stark aus. Was wohl Divy von ihm halten würde? Ein Markenheini mit Gucci-Sonnenbrille ist er jedenfalls nicht. Keine Ahnung, welche Hobbys er hat, sieht man mal von seiner Begeisterung für Computer ab. Vielleicht sollte ich die Gelegenheit ergreifen und ihn ein bisschen ausfragen? Nein, ich glaube, es würde Emily nichts nützen, wenn sie wüsste, welche Bücher er liest. Tamtam aus dem Chat hat neulich behauptet, dass manche Jungs sich gerade in das Mädchen verlieben, das ihnen die kalte Schulter zeigt. Ob das für alle Jungs gilt? Auch für Jungs wie Lukas?

»Ich habe da übrigens etwas, das dich interessieren könnte«, sagt Lukas, als wir schon vor dem Schuleingang stehen. Ich falte meinen Schirm zusammen und klemme ihn unter den Arm. Er kramt aus seiner Schultasche eine CD heraus und reicht sie mir. »Hier, Bob-Dylan-Songs, hab ich dir gebrannt, genau wie versprochen.«

»Wow, danke!«, sage ich freudig und stecke die CD verlegen lächelnd in die Schultasche. »Die werde ich mir direkt nach der Schule auf meinen iPod laden!«

»Keine Ursache, viel Spaß damit!«, sagt Lukas und öffnet die Eingangstür, um mich eintreten zu lassen.

»Oh, danke schön!«, rufe ich und strahle ihn an. Was für ein Gentleman!

In diesem Augenblick drängt sich Emily mit rotem Kopf an uns vorbei, ohne mich eines Blickes zu würdigen, und lässt die Eingangstür hinter sich fallen.

»He, Emily, warte!«, rufe ich, stopfe die CD in meinen Rucksack, verabschiede mich schnell von Lukas und renne hinter ihr her.

»Hast du mich nicht gesehen, oder was?«, frage ich keuchend, als ich sie im Treppenhaus schließlich erreiche.

»Doch, ich habe dich sogar ganz genau gesehen«, sagt sie kühl.

»Wie meinst du das?«, frage ich, während wir uns im Klassenzimmer auf unseren Plätzen niederlassen.

»Na ja, ich bin schon eine Weile hinter euch hergelaufen und habe euch beobachtet.«

»Warum hinterhergelaufen? Warum bist du nicht zu uns gekommen?«

»Jetzt tu doch nicht so!«

»Also, ich versteh gar nichts. Was soll denn gewesen sein? Das musst du mir erklären.«

»Jetzt tu doch nicht so! Ich habe doch gesehen, wie du Lukas angemacht hast.«

»Wie bitte? Ich habe ihn angemacht?«, frage ich entrüstet. »Also du spinnst wohl total! Ich kann doch nichts dafür, dass er mir eine CD geschenkt hat. Darf ich mich nicht dafür bedanken, oder was?«

»Eigentlich hast du versprochen, dass du Lukas für mich abcheckst und mir hilfst, an ihn ranzukommen, aber jetzt flirtest du selbst mit ihm. Ich hab's doch die ganze Zeit schon gewusst!«, sagt Emily spitz und schaut demonstrativ weg.

Bevor ich ihr widersprechen kann, kommt unser Deutschlehrer ins Klassenzimmer, sodass ich meinen Ärger runterschlucken muss. Ich beschließe, ihr in der großen Pause alles zu erklären, aber Emily verschwindet gleich nach dem Klingeln mit Tränen in den Augen aufs Klo und umgeht damit eine Aussprache.

So trotte ich allein auf den Pausenhof und kaue an meiner Brezel herum. Emilys völlig überflüssige Eifersucht hat mir gerade noch gefehlt. Mit wem soll ich jetzt reden? Ganz verloren stehe ich im Pausenhof. Alle unterhalten sich, lachen, tuscheln, nur ich bin allein.

Ich wünschte, Divy wäre hier, als gut aussehender, selbstbewusster Traumprinz an meiner Seite, der mich beschützt. Er würde seinen Arm um mich legen, und alle Mädchen würden mich um ihn beneiden, denn er hätte natürlich nur Augen für mich. Als ich mir ausmale, wie Divy mich souverän in Schutz nehmen würde, sodass kein Junge es wagen würde, dumme Sprüche gegen mich loszulassen, durchzuckt mich ein verrückter Gedanke und unser Gespräch neulich im Chat fällt mir ein. Ich hatte Divy beschrieben, wie Mark aussieht, und er antwortete, solche Typen würde er kennen. Was wäre, wenn er ihn wirklich kennen würde? Das wäre nicht unmöglich, schließlich wohnt Divy ja auch hier und geht auf eines der beiden Gymnasien der Stadt. Ist Divy vielleicht sogar in meiner Klasse? Ich mustere die Jungs auf dem Schulhof, von denen sich einige lärmend in der Nähe der Tischtennisplatte versammelt haben. Könnte einer von ihnen Divy sein? Oder besucht er doch eine andere Schule? Bisher habe ich ihn meines Wissens nicht danach gefragt. Ich bin noch ganz in Gedanken, als mich plötzlich jemand in die Taille pikst.

»Endlich trifft man dich mal allein«, sagt Mark und lässt seine blauen Augen blitzen.

»Du bist ja auch immer mit Fangemeinde unterwegs«, sage ich etwas verlegen und beiße ein Stück von meiner Brezel ab.

»Hast du dir schon überlegt, ob du mit mir ins Kino gehen willst?«

»Nein«, sage ich und denke dabei an Tamtam, die gesagt hat, dass man Typen wie Mark zappeln lassen muss.

»Du kannst es dir ja noch mal überlegen«, sagt er von oben herab. »Am Freitag bin ich jedenfalls im Spex, da können wir uns ja auch treffen.« Er schiebt mir einen Zettel in die Hosentasche.

»Um wie viel Uhr bist du da?«, frage ich mit rotem Kopf.

»Steht alles da drauf«, lacht er und geht rasch wieder in Richtung seiner Clique.

Ich ziehe den Zettel aus der Tasche, falte ihn auseinander und lese: *Nicht vergessen! Freitag, 18 Uhr: Date mit Mark Colling im Spex.* Der traut sich was, das muss man schon sagen.

Verstohlen schaue ich mich auf dem Schulhof um. Ob die anderen etwas bemerkt haben? Offensichtlich nicht. Die Mädchenclique hat sich an der Schulhofmauer versammelt, die Jungs werfen Wilhelms Schuh durch die Gegend und amüsieren sich köstlich darüber, dass er ihn nicht erwischt.

Emily zeigt sich immer noch nicht. Was geht in ihr vor? Ich

verstehe sie einfach nicht, ich will doch nichts von Lukas! Genervt beiße ich ein Stück von meiner Brezel ab. Na ja, wahrscheinlich würde sie mir ohnehin nur davon abraten, zu dem Treffen mit Mark zu gehen. Neulich erst hat sie mir erzählt, wie Laura, Nora und Isi Liebeskummer hatten, nachdem Mark sie erst total heftig angemacht und dann eiskalt abserviert hatte.

Ich nehme einen Schluck aus meiner Wasserflasche und drehe dann versonnen den Verschluss wieder zu. Es bleibt mir wohl nichts anderes übrig, als auf mein Bauchgefühl zu hören und spontan zu entscheiden, ob ich mich mit ihm treffe, auch wenn, das sagt meine Erfahrung, auf mein Bauchgefühl nicht immer Verlass ist ...

Nach der Pause, als ich wieder zurück ins Schulhaus trabe, laufe ich kurz vor der Eingangstür Kalle über den Weg. Er zupft mich am T-Shirt und murmelt: »Ich wollte dir nur sagen, heute Nachmittag passe ich auf Basti auf.« Er sieht so schuldbewusst aus, dass mir der Verdacht kommt, Jens hat ihm gestern Abend eine Standpauke gehalten und ihn gebeten, netter zu mir zu sein. Aus eigenen Stücken wäre er bestimmt nicht auf die Idee gekommen, sich selbst als Babysitter anzubieten.

»Okay. Mama wird sich freuen«, sage ich höflich, aber ziemlich distanziert.

»Bist du noch sauer, weil ich neulich Schnappschüsse von dir und Engel gemacht habe?«, fragt er fast schüchtern und erinnert mich mit seinen verwuschelten Haaren irgendwie an Basti. Doch sein niedliches Aussehen steht in krassem Gegensatz zu dem, was er sagt. Der Gedanke an die Fotos, den ich fast verdrängt hatte, bringt mich sofort in Rage.

»Allerdings!«, fauche ich. »Es ist dermaßen unverschämt, mich einfach so zu fotografieren und die Fotos dann zu bearbeiten und ins Internet zu stellen!«

»Was?«, ruft er aufgebracht. »Spinnst du? Es waren Schnappschüsse, von dir und Lukas, aber ich habe sie nicht verschickt oder ins Internet gestellt. Das war doch nur ein Spaß! Halt dich nicht für so wichtig!«

»Warum lügst du mich an?«, zische ich. »Alle Mädchen aus meiner Klasse haben die Fotos gesehen.«

»Wer denn?«, fragt Kalle empört. »Das kann ja gar nicht sein! Die Fotos sind auf meinem Handy und nirgendwo sonst.«

»Du kannst mir viel erzählen«, sage ich und ärgere mich, dass ich auf das Thema eingegangen bin, denn eigentlich wollte ich das Gespräch mit ihm erst führen, wenn ich triftige Beweise habe.

»Du bist echt 'ne Zicke.« Er schüttelt den Kopf. »Aber okay, wenn du unbedingt willst, dann lösche ich sie eben.«

»Das hättest du schon längst tun können!«, rufe ich hinter ihm her, als er zu seinem Klassenzimmer geht.

»Was war denn los?«, fragt mich Mona neugierig, die alles mitbekommen hat. »Habt ihr euch gestritten?«

»Ja, über die Fotos, die er von mir ins Internet gestellt hat.«

»Hat er?«, fragt Mona, was mich etwas wundert, denn als Winnis beste Freundin müsste sie eigentlich darüber Bescheid wissen.

»Wann kommt eigentlich Winni wieder in die Schule?«, frage ich.

»Ein paar Tage muss sie schon noch im Bett bleiben«, antwortet Mona. »Wieso?«

»Nicht so wichtig«, murmele ich, trotte ins Klassenzimmer

und setze mich neben Emily, die weiterhin distanziert ist und nicht mit mir spricht. Ich überlege, wie ich sie davon überzeugen kann, dass zwischen mir und Lukas überhaupt nichts läuft, als sie ein Stück mit ihrem Stuhl von mir wegrückt. Daraufhin mache ich das Gleiche und schiebe meinen Stuhl ebenfalls an das äußerste Ende des Tisches. Soll sie doch einen auf beleidigt machen, ich kann auch mauern, wenn es sein muss, und ich bin sowieso bald in Australien. Die paar Wochen werde ich auch ohne Freundin überstehen.

Nach der Schule gehe ich ganz allein nach Hause, wo mich, sobald ich die Diele betrete, Basti gleich in Beschlag nehmen will.

»Ich muss lernen, Basti«, sage ich gereizt und verziehe mich sofort auf mein Zimmer. Heute habe ich einfach keinen Nerv für einen Vierjährigen. Ich bin nicht besonders gut gelaunt. Wahrscheinlich liegt das an Emily. Es bedrückt mich, dass sie mir aus dem Weg geht. Wieso tut sie das? Wie kommt sie nur auf die Idee, ich würde mich an Lukas ranschmeißen und was von ihm wollen!

»Es gibt Essen!«, ruft Mama aus der Küche. Als ich herunterkomme, scheint Mama zu merken, dass es mir schlecht geht. Sie ist jedenfalls auffallend nett und bemüht, eine gute Stimmung aufzubauen. Sie kümmert sich selbst um Basti, verkneift sich Fragen nach Schulaufgaben oder Noten und steckt mir, nachdem wir gemeinsam den Tisch abgeräumt haben, mein Taschengeld für den Monat zu.

»Jetzt kannst du dir wieder eine Handykarte kaufen«, sagt sie, »oder ein T-Shirt.« Sie strahlt, als ob sie mir einen Lottogewinn überreichen würde.

»Danke«, sage ich und stecke den Geldschein in meine Hosentasche. Meine Stimmung wird davon jedoch auch nicht besser.

Bevor ich aufbreche, um Erwin Gassi zu führen, gehe ich noch einmal ins Bad und betrachte mein Spiegelbild. Oh Gott, wie ich aussehe! Die Haare sind nicht frisch gewaschen und hängen in mein Gesicht. So hässlich kann ich wirklich nicht aus dem Haus gehen, vor allem weil ich Julian treffen könnte. Um die Frisur etwas aufzumotzen, binde ich mit einem schwarzen Band meine Haare aus dem Gesicht. Das Ergebnis ist nicht umwerfend, aber immerhin sehe ich nun etwas gepflegter, älter und cooler aus, und ich schöpfe Hoffnung, dass Julian mich endlich mal ernst nimmt. Ich komme mir neben ihm wie ein kleines Mädchen vor, das den Mund nicht aufkriegt.

Aber als ich ihn wirklich im Wäldchen treffe, scheint ihm meine Veränderung gar nicht aufzufallen. Während die Hunde auf dem Waldweg voraustrippeln, unterhalten wir uns über Musikbands und kommen schließlich auf seinen Gitarrenunterricht zu sprechen, als uns das blonde Mädchen entgegenkommt, das wir bereits bei unserem ersten Treffen gesehen haben und auf das Julian so seltsam reagiert hat. Doch diesmal ist die Stimmung zwischen den beiden völlig anders, denn sie begrüßen sich direkt mit einem beiderseitigen Wangenküsschen.

»Maya ... Lilly«, stellt er uns gegenseitig vor.

An der Art, wie die beiden miteinander scherzen, sieht man, dass sie sich gut kennen. Wenn Julian lacht, bilden sich in seinem Gesicht Grübchen und seine weißen Zähne blitzen. Warum ist mir bisher nicht aufgefallen, wie süß er eigentlich ist? Kein Modeltyp wie Mark und trotzdem sehr anziehend. Plötzlich komme ich mir neben der gut aussehenden Blondine vor wie das letzte Mauerblümchen – blass, unscheinbar und dazu noch lang und knochig.

»Ich hab noch was vor, also ciao«, sage ich mit rotem Kopf und ziemlich eifersüchtig und ziehe Erwin von einer Schnüffelstelle weg. Die beiden unterhalten sich weiter und beachten mich kaum, während ich mich in Richtung Waldrand entferne.

Fast eine Stunde lang gehe ich mit dem Hund spazieren und ärgere mich darüber, dass ich meinen iPod nicht mitgenommen habe. Mit Musik kann ich schlechte Stimmung immer am besten aus meinem Kopf verbannen, aber jetzt muss ich mir etwas anderes einfallen lassen.

Ich kicke beim Gehen das Laub vor mir her und starre auf den Boden, während Erwin eilig vorwärtsstrebt und ständig an der Leine zieht. An einer Wegkreuzung nehme ich Erwin die Hundeleine ab und lasse ihn herumstreunen, während ich den schmalen Pfad entlangtrabe und meinen Gedanken nachhänge.

Der Boden ist matschig, weil es gestern geregnet hat, und meine Turnschuhe sind schon ganz verschmutzt. Es ist kalt und nieselig, ganz untypisch für Ende Mai, und heute kommt es mir so vor, als hätte sich die Sonne wieder aus meinem Leben verabschiedet. Während ich durch Matsch und Pfützen stapfe, stelle ich mir vor, wie schön es wäre, das graue Wetter, meine Probleme mit Mama, mit meinen Stiefbrüdern, meiner neuen Umgebung, mit Emily einfach hinter mir zu lassen.

Mit Papa in der Sonne am weißen Strand zu liegen, in die australische Steppe zu reisen, süße Kängurus und Koalabären zu fotografieren oder in den australischen Korallenriffs zu schnorcheln, wäre jetzt toll. Einfach abtauchen! Wunderbar leicht unter Wasser zu schweben, inmitten bunter Korallenfische zu schwimmen, weit, weit weg von allem, was die Stimmung drücken kann ...

Ein entferntes Jaulen reißt mich aus meinen Gedanken.

»Erwin?«, rufe ich und schaue mich um, doch vom Mops, auf den ich gerade nicht geachtet habe, ist nichts zu sehen. Was, wenn er einfach abgehauen ist oder sich verletzt hat?

»Erwin!«, schreie ich jetzt noch lauter und laufe ins Gestrüpp, um ihn zu suchen. Meine Jacke bleibt an den Dornen einer Brombeerhecke hängen, und während ich versuche, die Dornen zu entfernen, verfluche ich mich selbst. Wie konnte ich nur so dumm sein, Erwin frei laufen zu lassen?

Genervt kämpfe ich mich durch den dichten Unterwuchs, um an die Stelle zu gelangen, an der ich Erwin vermute. Doch da ist er nicht! Müde und den Tränen nahe renne ich zur nächsten Lichtung, bleibe schließlich stehen und sehe mich verzweifelt um. Um mich herum Baumstümpfe, Farn, Sträucher, dahinter eine Gruppe alter Buchen und Eichen. Von Erwin leider keine Spur. Warum musste das jetzt auch noch passieren?! Heute ist echt mein Pechtag!

Ich wühle in meiner Jacke nach einem Taschentuch, um mir meine triefende Nase zu putzen, als Erwin plötzlich angetrippelt kommt und meine Hand ableckt, als wolle er mich trösten. Völlig erleichtert kraule ich den Mops an den Ohren und nehme ihn vorsorglich an die Leine. Jetzt erst mal durchatmen, ist ja noch alles gut gegangen!

Erwin scheint den Rückweg zu kennen, er strebt in eine bestimmte Richtung und ich folge ihm einfach nach. Beim Gehen beruhige ich mich ein wenig. Am Waldrand binde ich Erwins Leine an einen Baum, säubere an einem Waldbach meine verschlammten Schuhe, und als wir am Haus von Herrn Wieland ankommen, ist mir meine Panikattacke im Wald schon wieder fast peinlich. Was war nur los mit mir? Eigentlich ist doch alles gar nicht so schlimm …

Herr Wieland zahlt mir, nachdem ich den Hund abgegeben habe, meinen Tageslohn, den ich in meinen Geldbeutel stopfe.

Da ich noch keine Lust habe, nach Hause zu gehen, wo mich nur Hausaufgaben und nervige Brüder erwarten, trabe ich zur Bushaltestelle. Zufällig hält gerade ein Bus, der ins nahe gelegene Gewerbegebiet fährt, und aus einem plötzlichen Impuls heraus steige ich einfach ein.

Der Bus kurvt auf der Landstraße durch Felder, Äcker, Wälder und kleine Gehöfte, bis er schließlich das Gewerbegebiet erreicht. Hier soll es, wie mir neulich Emily erzählt hat, ein tolles Sportgeschäft geben, das mir auch sofort ins Auge springt, als ich den Bus verlasse.

Zielstrebig steuere ich den Eingang an und finde auch gleich die Badeabteilung, wo ich zum Spaß verschiedene Bikinis und Badeanzüge anprobiere. Einen Bikini könnte ich nämlich für Sydney, wo man mindestens einmal am Tag schwimmen geht, gut gebrauchen. Vor allem, weil mein alter inzwischen ausgeleiert und viel zu unmodern ist.

Ein rosa Tankini gefällt mir besonders gut. Als ich aber auf den Preis schaue, bekomme ich einen Riesenschreck. 100 Euro! Das ist ja unglaublich. Dafür reicht mein Geld auf keinen Fall. Und meine Mutter wird mir das Designerteil im Leben nicht zahlen.

Enttäuscht verlasse ich die Umkleidekabine und hänge die Bikinis brav zurück.

Dann steuere ich die Tauchabteilung an, wo ich unterschiedliche Taucherbrillen, die zum Schnorcheln geeignet sind, begutachte. Ich entscheide mich schließlich für ein bestimmtes Modell, das sich jedoch nach einem Blick auf das Preisschild ebenfalls als viel zu teuer herausstellt. Ist in diesem Nobelladen eigentlich auch irgendetwas bezahlbar?!

Während ich mutterseelenallein vor dem Regal stehe und nach einer Verkäuferin Ausschau halte, die mir preiswertere Taucherbrillen empfehlen könnte, kommt mir ein Gedanke. Mit einem Plastikteil gesichert ist der Schnorchel nicht, und wenn ich das Preisschild abreiße, dürfte mir eigentlich nichts passieren.

Vorsichtig entferne ich das Papier mit dem Code und sehe mich um. Niemand hat etwas bemerkt. Hinter mir scheint zwar ein Junge zu stehen, den ich nur flüchtig wahrnehme, doch eine Verkäuferin ist weit und breit nicht zu sehen. Ist das nicht die Gelegenheit?

Ich stopfe die Taucherbrille hektisch in meinen Rucksack. Gerade habe ich den Reißverschluss zugezogen, als eine Verkäuferin neben mir auftaucht. Sie macht ein misstrauisches Gesicht und Panik steigt in mir auf. Was soll ich jetzt tun? Abhauen oder stehen bleiben?

Eine Bemerkung des Jungen hinter mir hilft mir zum Glück aus der Patsche. Ich sehe ihn kaum, da der größte Teil seines Kopfes durch ein hohes Regal verdeckt ist.

»Können Sie mir vielleicht mal kurz helfen?«, ruft er gerade im richtigen Augenblick. Seine Stimme kommt mir seltsamerweise bekannt vor, doch ich verzichte darauf, ihn jetzt näher zu betrachten.

Die Verkäuferin wendet sich ihm zu, sodass ich die Gelegenheit nutzen und die Fliege machen kann. Ohne mich umzudrehen, nicht zu schnell und nicht zu auffällig, aber doch raschen Schrittes und ohne auf die anderen Kunden zu achten, gehe ich auf die Rolltreppe zu, lasse mich nach unten befördern und strebe dem Ausgang zu.

An der Sicherheitszone überkommt mich noch einmal die Panik. Was, wenn nun doch ein Alarm losgeht? Gedanklich stelle ich mich schon auf einen Fluchtsprint ein, passiere jedoch die Sicherheitszone ohne Probleme und bin unendlich erleichtert, dass an der Bushaltestelle gerade der richtige Bus einfährt, der mich wieder nach Hause bringen wird.

Schnell steige ich ein, lasse mich mit zitternden Beinen auf einem der hinteren Plätze nieder und begutachte während der Fahrt noch einmal meinen Schatz, die neue Taucherbrille.

Bei dem Gedanken an die Schnorchelzüge, die ich damit auf meinen Tauchtouren mit Papa unternehmen kann, überkommt mich ein Hochgefühl, das aber, als ich aussteige, rasch wieder von meinem schlechten Gewissen abgelöst wird. Nie zuvor habe ich etwas geklaut und nun bin ich eine Ladendiebin. Ich komme mir richtig schäbig vor.

wer ist mr. divy?

»Na? Wie war's mit Erwin?«, fragt Mama, als ich nach Hause komme. Basti rennt mir entgegen und will alles über den Mops und meinen Spaziergang erzählt bekommen.

»Ich habe jetzt leider keine Zeit für dich, Basti«, antworte ich und hänge meine Jeansjacke an die Garderobe.

Nachdem ich meine Jacke ausgezogen habe und in meine Hausschuhe geschlüpft bin, trabe ich erst mal nach oben ins Dachgeschoss und verschwinde im Bad, um die Taucherbrille ganz hinten in meinem Schrank zu verstauen.

»Maya? Kommst du mal runter?«, ruft Mama aus dem Wohnzimmer. Als ich mich zu ihr aufs Sofa setze, gießt sie mir ein Glas Mineralwasser ein.

»Hast du dir eigentlich schon mal überlegt, was du in den Sommerferien machen willst?«, fragt sie.

»Äh ... ich denke, ich fahre mit Papa weg«, murmele ich und zwirble an meinem Jackenknopf herum.

»Ja klar, das war ja ausgemacht, aber wir könnten zusätzlich alle zusammen noch einen Familienurlaub planen. Zum Beispiel in Südfrankreich oder Sizilien.« Sie schleppt einen großen Stapel an Reiseprospekten herbei.

»Hier, schau doch mal, Maya, welche Orte würden dich denn interessieren?«

Basti schnappt sich einen der Kataloge und zeigt auf das Bild eines Strands mit türkisblauem Meer.

»Da fahren wir hin«, sagt er.

»Müssen wir das jetzt schon festlegen?«, frage ich und dabei blättere ich lustlos durch die bunten Seiten.

»Ja klar, demnächst müssen wir buchen, sonst sind alle Flüge weg«, sagt Mama, die sich über meine Unlust zu wundern scheint.

»Ich muss das erst mit Papa besprechen«, weiche ich aus.

»Den habe ich auch schon per Mail versucht zu erreichen«, sagt Mama, »aber er scheint mal wieder unterwegs zu sein. Hast du denn etwas von ihm gehört?«

»Ja, aber das ist auch schon ein paar Tage her«, antworte ich. »Er hat mir gemailt, dass er viel beruflich unterwegs ist und erst wieder erreichbar sein wird, wenn er die Projekte abgeschlossen hat. Wann das ist, weiß ich nicht.«

»Dann müssen wir eben etwas warten«, sagt Mama. »Er wird sich sicherlich bald melden.«

»Was ist mit den Jungs?«, frage ich. »Kommen die auch mit?«

»Ja, wir alle«, sagt Basti und vertieft sich wieder in einen Reiseprospekt. Mama lacht.

»Kalle fährt zu einem Pfadfindercamp und Tom will mit seinem Freund eine Interrailtour in Europa machen«, sagt sie. »Aber anschließend werden sie mit uns noch in den Urlaub fahren, das haben sie mir schon fest zugesagt. Wieso? Stört es dich, wenn sie auch mitkommen?«

»Nein, nein«, sage ich und würde am liebsten hinzufügen, dass ich ja dann sowieso schon längst in Australien bin.

»Ein bisschen hast du dich ja inzwischen schon an die beiden gewöhnt, oder?«, wechselt Mama das Thema und sieht mich zweifelnd an.

»Ja, klar«, lüge ich, damit sie in ihrem Eindruck, ich würde mich hier wohlfühlen, bestärkt wird.

Dann helfe ich ihr bei der Vorbereitung des Abendessens und schneide brav Zwiebeln, Sellerie und Karotten. Zusammen mit Basti decke ich den Tisch und nehme mir beim gemeinsamen Familienabendessen vor, die coole und pflegeleichte Schwester zu spielen, auch wenn mir das nicht gerade leichtfällt.

»Wie fühlst du dich eigentlich an der neuen Schule, Maya?«, fragt Jens, während er ein Stück Braten schneidet. »Hast du dich inzwischen in deiner neuen Klasse eingelebt?«

»Es ist ganz okay«, sage ich und hoffe, dass er nicht weiterfragt.

»Sie hat auch schon eine neue beste Freundin«, sagt Mama, die offensichtlich alle davon überzeugen will, wie gut es mir in der neuen Klasse geht. »Emily heißt sie, oder?«

Ich nicke, während ich mein Essen kaue.

»Hast du auch einen Freund, Maya?«, fragt Basti vorlaut. Für diese Frage würde ich ihn, so niedlich er auch ist, am liebsten an die Wand klatschen.

»Ja, genau«, grinst Kalle, »gibt es denn auch schon einen Traummann in deinem Leben? Für welchen Jungen aus deiner Klasse hast du dich entschieden?«

»Wieso?«, fragt Mama amüsiert, »gibt es denn mehrere Kandidaten zur Auswahl?«

»Na ja, ich hab da so einiges über Maya gehört«, sagt Tom und grinst über das ganze Gesicht.

»Ach Quatsch!« zische ich.

»Angeblich sind einige Jungs aus deiner Klasse hinter dir her«, sagt Kalle, und ich überlege, wen er meinen könnte.

Wilhelm ist zwar immer auffallend nett zu mir, aber das heißt ja nicht, dass er sich für mich interessiert. Nick und David necken mich zwar ständig, nehmen mir die Mütze weg und schubsen mich herum, aber sie sind einfach noch im Rabaukenalter und total kindisch, die kann man ja nicht ernst nehmen. Bleibt nur Mark Colling ...

»Stimmt doch gar nicht«, sage ich mit hochrotem Kopf. »Was redet ihr denn da. Kein einziger Typ ist hinter mir her.«

»Es müsste dir doch gefallen, wenn die Jungs hinter dir her sind«, sagt Jens »Das ist doch sehr schmeichelhaft. Oder sind sie eher lästig?«

»Gibt es noch Salat?«, frage ich, um der Antwort auszuweichen. Mama füllt mein Salatschälchen mit Gurkensalat.

»Engel ist auch in sie verknallt«, verkündet Tom, während er ein Stück Fleisch aufspießt.

»Lukas Engel? Dein Freund?«, fragt Jens erstaunt. »Der hat doch eigentlich nur Computer und seinen Sanitäterjob im Kopf, dachte ich.«

»Und? Vielleicht hat sich das ja geändert«, sagt Mama. »Gefällt der dir, Maya?«

»Er ist ganz nett«, sage ich reichlich genervt. »Er hat mir mal meinen Finger verarztet.«

»Er will ja auch später mal Medizin studieren, da muss er jetzt schon üben«, grinst Kalle.

»Den Internetanschluss hat er ihr auch eingerichtet«, sagt Tom.

»Für einen Müsliriegel!«, grinst Kalle.

»Kennt er sich wirklich so gut mit Computern aus?«, fragt Mama.

»Ja klar«, sagt Tom. »Computer und Technik sind sein absolutes Hobby.«

»Er hat auch einen Blog im Internet«, sagt Kalle. »Weißt du das, Maya? Da kannst du dich ja mal umschauen!«

»Zukünftiger Arzt, technisch begabt, Computercrack ... Und für so einen interessanten Typen begeisterst du dich nicht?«, fragt Jens und lacht.

»Nein, Maya lässt ihn erst mal zappeln«, grinst Tom.

»Du redest so einen Scheiß daher, Tom«, fauche ich. »Es läuft überhaupt nichts zwischen uns. Außerdem will ich keinen Freund hier ...« Am liebsten würde ich aufstehen und mich in mein Zimmer verziehen.

»Habt ihr euch eigentlich schon mal überlegt, wohin wir in den Sommerferien fahren sollen?«, wechselt Mama schnell das Thema und eine Weile diskutieren die Jungs über verschiedene Reiseziele. Ich selbst halte mich mit Vorschlägen zurück, was den anderen jedoch nicht weiter aufzufallen scheint.

Nach dem Essen knalle ich mich auf mein Bett und versuche, meine Gedanken zu ordnen. Plötzlich fällt mir ein, dass ich ja meine Mathehausaufgaben noch nicht gemacht habe.

Ich krame Bücher und Hefte aus meiner Schultasche und setze mich seufzend an den Schreibtisch. Weil ich nur eine einzige Aufgabe ohne Probleme lösen kann, beschließe ich, die Hausaufgaben morgen früh von Wilhelm abzuschreiben. Dabei fällt mir ein, dass er mir neulich nach der Mathestunde, als ich ihn zufällig allein auf dem Gang vor den Klos traf, Nachhilfe angeboten hat.

»Würdest du das wirklich tun?«, habe ich ihn ungläubig gefragt. »Eine Nachhilfe bezahlen kann ich nämlich nicht.«

Daraufhin ist er rot angelaufen und hat mir beteuert, dass er das jedem anbietet, der Schwierigkeiten in Mathe hat, und dass er das gerne umsonst machen würde.

»Na gut«, habe ich gesagt. »Wann? Und wo?«

Und so kommt es, dass ich diesen Freitag mit ihm um 17 Uhr im Spex verabredet bin. Ich weiß zwar nicht, ob das Spex der geeignete Ort zum Pauken ist, aber er hat den Treffpunkt nun mal vorgeschlagen, und ein anderer Treffpunkt fiel mir auch nicht ein, denn in mein Zimmer wollte ich ihn wirklich nicht einladen! Zur Not könnten wir ja noch ins Café Wiesengrund gehen, das direkt gegenüberliegt, meinte er.

Eigentlich ist mir das noch nie passiert, dass ein Junge sich freiwillig angeboten hat, mir in Mathe zu helfen. Nach Kalles Andeutungen frage ich mich, ob es Wilhelm nur um meine Mathenote geht oder ob er tatsächlich in mich verknallt ist.

Ich stelle mich vor den Spiegel. Emily behauptet ja, ich sei hübsch, aber ich finde das eigentlich gar nicht. Meine Schultern sind viel zu eckig, meine Beine zu dünn und der Busen viel zu winzig. Umrahmt von den langen dunkelbraunen Haaren, wirkt mein Gesicht blass und unscheinbar.

Warum also wollen hier alle Jungs etwas von mir? In meiner alten Schule war ich nie heiß begehrt. Leider …

Wieder überkommt mich der Verdacht, dass ich gar nicht gemeint bin und dass es sich um eine Verwechslung handeln muss. Es ist doch wirklich seltsam, dass sich Lukas angeblich für mich interessiert, dass Mark Colling sich mit mir treffen will und Wilhelm mir kostenlos Nachhilfe anbietet!

Am liebsten würde ich Divy um Rat fragen, was das alles wohl zu bedeuten hat. Aber langsam kommen mir Zweifel, ob das ratsam ist, denn je länger ich darüber nachdenke, desto mehr wächst mein Verdacht, Divy könnte irgendwo in meiner Umgebung wohnen, ja vielleicht sogar in meine Klasse gehen. Wie sonst sollte er die Jungs, von denen ich ihm erzählt habe, so genau beschreiben können, als ob er sie persönlich kennen würde? Das kann doch kein Zufall sein!

Mark mit seiner Gelfrisur und der Gucci-Sonnenbrille oder Nick, dem Klassenclown und überzeugten Veganer, der in seiner Freizeit an Umweltaktionen teilnimmt, könnte er jedenfalls schon persönlich begegnet sein. Und hat er nicht auch Computercracks wie Lukas oder David erwähnt?

Ich klappe meine Bücher und Hefte zu, stecke sie in meine Schultasche und gieße mir ein Glas Apfelsaft ein. Bevor ich meine Zelte in diesem Kaff endgültig abbreche, will ich noch herausfinden, was hier abgeht und wer Divy wirklich ist.

Ich darf zukünftig nicht mehr so unvorsichtig sein und im Netz zu viel über mich verraten, denke ich, während ich mein Glas in einem Zug leere. Theoretisch könnte jeder Junge in meiner Klasse sich das Pseudonym »Mr. Divy« zulegen.

Ob ich Divy im Chat ausfragen oder ihm eine Falle stellen soll? Beim Zähneputzen im Bad grüble ich darüber nach und komme zu dem Schluss, dass ich nur, wenn wir uns persönlich gegenüberstehen, sicher sein kann, dass er keine Person aus meinem Umkreis ist.

Ich werde ihm ein Treffen vorschlagen, am besten gleich nächste Woche, denke ich, während ich gurgle und das Wasser ins Waschbecken spucke.

Beflügelt von meinem Entschluss, setze ich mich vor meinen Laptop und klicke mich ins Internet ein.

Nachricht von Knitting Jenny an Mr. Divy:

Wie wär's, wenn wir uns mal persönlich treffen? Mein Vorschlag wäre
Treffpunkt: Spex am Marktplatz
Zeit: Mittwoch, 15 Uhr
Erkennungszeichen: Mütze
Bitte um Rückmeldung!

Nachdem ich die Mail abgeschickt habe, schlüpfe ich in meinen Schlafanzug und räume mein Zimmer auf. Kurz bevor ich ins Bett steige, schaue ich noch einmal in meine Mailbox.

Oh, Divy hat schon geantwortet:

Nachricht von Mr. Divy an Knitting Jenny:

Geht leider nicht, hab an diesem Mittwoch schon was vor! Mein Vorschlag wäre übernächste Woche oder gleich diesen Freitag. Ab 14 Uhr passt jeder Termin. Schlag einen vor, und wenn Du nichts mehr von mir hörst, ist der Termin gebongt und ich komme.

Nachricht von Knitting Jenny an Mr. Divy:

Okay, dann Freitag 15 Uhr, muss dann aber um 17 Uhr wieder weg. Bin sehr gespannt auf Dich!

Als ich im Bett liege und mir meine drei Termine am Freitag vor Augen führe, muss ich in mich hineinkichern. 15 Uhr Divy, 17 Uhr Wilhelm und um 18 Uhr Mark. Freitag wird wohl der ultimative Dating-Tag!

Weil das Ganze so aufregend ist, schnappe ich mir zur Ablenkung einen Mädchenschmöker, den mir Emily geliehen hat, und klappe die erste Seite auf. Was sie wohl zu meinen vielen Dates sagen würde, wenn sie nicht mehr böse auf mich wäre? Wenn …

Vier fliegen mit einer Klappe?

Ob ich noch Zeit habe, Wimperntusche aufzulegen? Ich schaue auf die Uhr. Wenn ich um Viertel vor drei losgehe, bin ich mit dem Fahrrad in fünfzehn Minuten beim Spex. Jetzt ist es halb drei, es müsste also noch reichen.

Die Haare sind frisch gewaschen, ich habe das neue T-Shirt an, das Mama mir gestern mitgebracht hat, und trage meine engste Jeans. Lipgloss habe ich schon aufgelegt, aber meine Wimpern könnte ich noch ein bisschen betonen. Das Bürstchen ist schon etwas ausgetrocknet, aber für heute müsste der Inhalt der Wimperntusche noch reichen. Ein Auge ist schon fertig, es sieht gleich viel ausdrucksvoller aus, finde ich. Eben will ich mich den Wimpern des zweiten Auges widmen, als das Telefon klingelt.

»Emily ...«, sage ich erstaunt, den Telefonhörer in der einen, die Wimperntusche in der anderen Hand. »Das ist ja nett, dass du dich meldest.«

»Finde ich auch«, sagt sie und lacht verlegen.

»Bist du krank?«, frage ich, ganz erleichtert darüber, dass sie zu einem Gespräch bereit zu sein scheint. »Du warst heute nicht in der Schule.«

»Nein, ich hatte nur einen langen Arzttermin, mir geht's aber gut«, sagt sie.

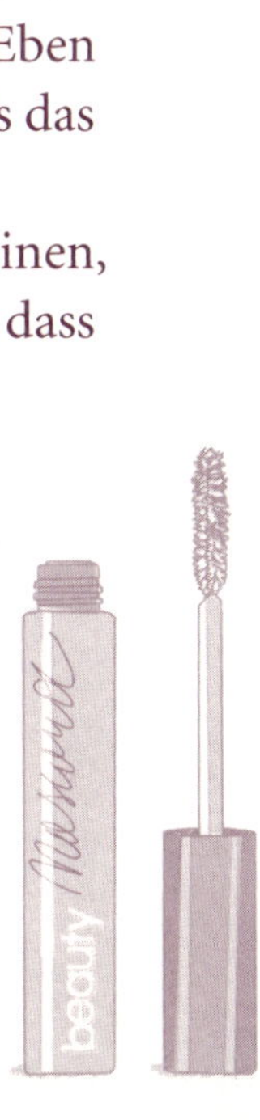

»Du willst wahrscheinlich wissen, was wir aufhaben«, meine ich. »Also wir haben ...«

»Nein, nein ...«, sagt sie eilig, »eigentlich wollte ich, dass wir uns mal wieder unterhalten. Ich muss dir nämlich was wichtiges erzählen ...«

»Du, Emily, kann ich dich heute Abend zurückrufen? Ich muss nämlich ganz dringend weg und darf mich nicht verspäten. Sei bitte nicht böse, ja? Ich erzähle dir später alles, du wirst echt staunen!«

»Das hört sich ja spannend an, ist schon okay«, sagt sie, aber es ist ein leicht enttäuschter Unterton in ihrer Stimme.

»Ich melde mich, wenn ich wieder zurück bin. Ciao«, verabschiede ich mich hastig.

Kaum habe ich aufgehängt, rase ich zurück vor den Spiegel, trage in Windeseile am zweiten Auge Wimperntusche auf und binde mir die Turnschuhe zu, als das Telefon schon wieder klingelt. Voll im Stress nehme ich den Hörer ab und melde mich.

»Hallo Maya!« Ich traue meinen Ohren nicht.

»Papa!«, rufe ich völlig überrascht. »Rufst du aus Australien an?«

»Nein, mein Schatz, diesmal nicht.«

»Was soll das heißen?«

»Ich bin in Deutschland!«

Mir fällt fast der Hörer aus der Hand und ich schreie: »Waaaas? Wo bist du?«

»In deinem langweiligen Kaff!«, lacht er. »Und ich würde dich gerne sehen, möglichst bald, denn ich bin nur heute und morgen hier.«

»Jetzt verstehe ich gar nichts mehr!«, rufe ich und lasse mich völlig verdattert auf den Sessel fallen. »Das musst du mir schon erklären.«

»Ich hatte heute ganz in der Nähe ein Vorstellungsgespräch. Der Termin kam auch für mich völlig überraschend, aber ich musste ihn annehmen. Weil ich bis obenhin voll mit Aufträgen bin, wusste ich nicht, ob ich es schaffe, einen Abstecher zu machen, um dich zu besuchen und zu überraschen. Damit du nicht enttäuscht bist, wenn es nicht klappt, habe ich dir nichts davon erzählt. Aber es hat ja nun doch geklappt, und deshalb bin ich jetzt hier.«

»Du hättest aber schon früher was sagen können ...«, brumme ich, »mir eine E-Mail schicken oder so was ...«

»Ich wollte dich nicht unnötig in Aufregung versetzen, deshalb habe ich lieber nichts gesagt. In deinem Leben ist doch sowieso momentan viel durcheinander, oder?«

»Ja, schon.« Papa scheint zu bemerken, dass ich etwas zurückhaltend auf seinen Anruf reagiere, denn er sagt: »Maya, Schätzchen, mir hat es auch nicht gefallen, dass wir in letzter Zeit so wenig Kontakt hatten. Aber es ging nicht anders. Zuerst war ich auf Fotoreportage in Queensland in der Simsonwüste, dann kam ein Tauchauftrag an der Südküste, und zum Schluss musste ich noch in der Großen Victoriawüste Aufnahmen machen, da gab es in manchen Gegenden nicht einmal Telefon und Internet. Aber jetzt bin ich doch da! Freust du dich gar nicht? Soll ich wieder gehen?«

»Quatsch, klar will ich dich sehen, Papa ...«, sage ich schnell und schaue dabei auf die Uhr. Oh Gott, schon fast 15 Uhr! Ich müsste eigentlich sofort aufbrechen ...

»Na gut, dann würde ich vorschlagen, wir treffen uns heute in einem Café«, sagt Papa. »Erst mal nur wir beide. Ich weiß nämlich nicht, ob es Mama recht ist, wenn ich einfach hereinplatze und dich bei euch zu Hause besuche. Jens und seine Jungs kenne ich ja auch noch nicht persönlich ...«

»Okay, ein Treffen im Café finde ich auch besser«, antworte ich hastig. »Es ist nur so, ich bin heute schon verabredet.«

»Sollen wir unser Treffen verschieben?«, fragt Papa.

»Nein, nein, Papa, dich lass ich nicht entwischen«, versichere ich ihm. »Also, wo treffen wir uns?«

»Am Marktplatz ist ein nettes Café, in dem sitze ich bereits.« Er beschreibt das Café Wiesengrund, das Emilys Eltern gehört.

»Ich weiß, wo das Wiesengrund ist. Mit dem Fahrrad bin ich in fünf Minuten da, okay?«

»Einverstanden«, sagt Papa und legt auf.

Mein Herz klopft, ich bin total aufgeregt. Hektisch schlüpfe ich in meine Jeansjacke. Ausgerechnet heute muss sich Papa melden! So ein Pech! Natürlich freue ich mich, dass er da ist. Am liebsten würde ich jetzt sogar alle meine Dates absagen. Ich ärgere mich über mich selbst. Was war auch nur in mich gefahren, dass ich mich an ein und demselben Tag gleich mit drei Jungs auf einmal verabredet habe? Das war ja schon etwas größenwahnsinnig!

Mir bleibt wohl nichts anderes übrig, als zwischen dem Wiesengrund und dem Spex hin- und herzusausen und den Jungs dann persönlich zu erklären, dass wir das Treffen verschieben müssen, weil mein Vater spontan aus Australien angereist ist.

Vor dem Spiegel setze ich nur noch schnell meine rote Strickmütze – das vereinbarte Erkennungszeichen mit Divy – auf und stürme dann mit Riesenschritten die Treppe hinunter. Als ich schwungvoll unten in der Diele ankomme, stellt sich Mama so vor die Eingangstür, dass ich nicht an ihr vorbeikomme.

Sie wedelt mit einem Brief und sagt verärgert: »Du hast Post von einem Reisebüro. Darf ich fragen, was da drinnen ist?«

Mein Gesicht läuft knallrot an. Wahrscheinlich ist es das Flugticket mit der Rechnung.

»Das weiß ich nicht«, lüge ich. »Vielleicht ist es Werbung. Lässt du mich mal vorbei?«

Doch Mama bleibt unerbittlich.

»Auf dem Brief befindet sich ein Stempel mit der Aufschrift ›Rechnung‹«, sagt sie und tippt mit dem Finger auf den Umschlag. »Was soll das bedeuten? Hast du irgendetwas bestellt?«

»Weiß ich doch nicht ...«, versuche ich auszuweichen.

»Dann machen wir den Brief jetzt auf, dann wissen wir, worum es geht«, sagt sie drohend und reicht mir den Umschlag.

»Du, dazu habe ich jetzt echt keine Zeit«, jammere ich. »Ich habe eine dringende Verabredung und bin eh schon viel zu spät dran.«

Ich überlege noch, ob ich ihr sagen soll, dass ich Papa treffen werde, lasse das aber lieber bleiben, denn sonst will sie weitere Erklärungen, und bis sie dann nach und nach alle Informationen von mir bekommen hat, ist Divy bestimmt schon weg und Papa muss auch ewig warten.

»Gut, dann geh eben zu deiner Verabredung, wenn die so wichtig ist«, sagt sie sauer. »Aber ich warne dich: Den Brief mache ich auf, wenn du ihn nicht sofort selbst öffnest.«

»Nein, gib her!« Ich versuche ihr den Brief zu entreißen, doch sie hält ihn ganz fest in der Hand.

»Dann lass mich wenigstens raus!«, zische ich. Genervt schiebe ich mich an ihr vorbei, öffne die Tür und lasse sie hinter mir ins Schloss fallen. Jetzt ist sowieso alles egal. Irgendwann muss sie ja doch erfahren, dass ich nach Australien auswandern werde.

eine böse Überraschung

Total gehetzt strample ich auf dem Fahrrad zum Marktplatz und bin völlig außer Atem, als ich am Wiesengrund ankomme. Während ich das Fahrrad abstelle und abschließe, schaue ich durchs Fenster ins Café, kann Papa aber an keinem Tisch sehen.

Emily scheint auch nicht da zu sein, was mich erleichtert, denn ich hatte den Eindruck, dass sie gerade am Telefon nur Bahnhof verstanden hat. Aber was hätte ich tun sollen? Ich hatte einfach keine Zeit, ihr alles zu erklären.

Beim Durchqueren des Raums entdecke ich meinen Vater schließlich an einem Tisch ganz hinten, neben der Theke. Er hat den Kopf in eine Zeitung vertieft, sodass er mich nicht sieht, als ich vor ihm stehe.

»Hallo Papa«, sage ich und mein Herz klopft.

»Maya, mein Schatz«, sagt er, legt die Zeitung weg, steht auf und umarmt mich. »Ich bin so froh, dich wiederzusehen.« Er küsst mich auf die Wangen.

»Ich auch«, sage ich und merke, dass mir vor Freude fast die Tränen kommen.

»Willst du dich nicht setzen?«, fragt er und rückt einen Stuhl zurecht. Während ich mich neben ihm niederlasse, deutet er auf meine Mütze und lächelt amüsiert. »Die nimmst du wohl nie ab?«

»Wenn's sein muss, schon«, sage ich und lege die Mütze neben mir auf die Bank.

»Hast du Lust auf ein Stück Torte?«, fragt er.

»Ja«, sage ich. »Aber ich muss noch mal ganz schnell rüber ins Spex, eine Verabredung absagen.«

»Aha«, sagt er mit amüsiertem Unterton in der Stimme, »darf man fragen, mit wem?«

»Kennst du nicht«, antworte ich und stehe auf. »Ich geh dann mal los, bin gleich wieder da. Du kannst mir schon mal einen Käseapfelkuchen und einen Cappuccino bestellen.«

»Das mache ich«, sagt Papa, »aber lass mich nicht zu lange warten!«

Eilig gehe ich aus dem Café und steuere das Spex an. Es ist Viertel nach drei. Hoffentlich ist Divy noch da! Aufgeregt stoße ich die große Glastür auf und bleibe im Eingangsbereich stehen.

»Hallo Maya!«, sagt Isi ganz erstaunt. Neben ihr sitzen Mona und drei Jungs, die sich gerade ein Eis genehmigen. Na prima!

Ich kann mir schon vorstellen, wie über mich geredet wird, wenn sie mich zuerst mit Divy und später zusammen mit Wilhelm und Mark sehen! Montag weiß das dann die ganze Schule.

Am liebsten würde ich sofort wieder verschwinden, begrüße aber stattdessen die beiden und sehe mich dabei ganz cool im Spex um.

»Willst du dich zu uns setzen?«, fragt Mona.

»Nein, danke, mein Vater wartet drüben auf mich ...« Ich zeige aufs Café Wiesengrund und lasse meinen Blick noch einmal durch das Spex wandern. Einige bekannte Gesichter erkenne ich am Tresen und in der Spielzone, darunter Nick und David, die Tischfußball spielen.

Julian, den ich ja regelmäßig beim Gassigehen mit Erwin treffe, steht mit zwei Mädchen am Billardtisch. Er grüßt kurz und widmet sich dann wieder seinem Spiel.

Aber wo ist bloß Divy? Unser Erkennungszeichen war eine Strickmütze, aber im gesamten Raum kann ich keinen Jungen mit Mütze entdecken.

»Wen suchst du denn?«, fragt Isi neugierig.

»Emily ist nicht hier«, ergänzt Mona und beugt sich zu Isi, um ihr etwas ins Ohr zu tuscheln. Beide fangen plötzlich an zu kichern und schauen zu mir her.

»Na, dann verschwinde ich mal wieder«, sage ich mit rotem Kopf, winke den beiden zu und trete ins Freie. Puh, war das peinlich! Wut steigt in mir auf. Was fällt diesem Divy ein? Bestellt mich ins Spex und ist dann nicht da! Beim Überqueren der Straße übersehe ich fast ein Auto, das quietschend bremst.

»Kannst du nicht aufpassen!«, schimpft der Fahrer und zeigt mir den Vogel, doch ich reagiere nicht, sondern flüchte schnell ins Café Wiesengrund, wo Papa auf mich wartet.

»Alles erledigt?«, fragt er und legt seine Zeitung zur Seite.

»Ja«, sage ich und lasse mich auf einen Stuhl fallen.

»Eben hat die Kellnerin den Cappuccino gebracht«, sagt er und schiebt die Tasse an meinen Platz.

»Und hier kommt der Käseapfelkuchen«, sagt die Bedienung und stellt einen Teller auf den Tisch.

Ich nehme die Kuchengabel und fange sofort an zu essen. Papa schaut mir belustigt zu.

»Schmeckt der Kuchen?«, fragt er.

»Ja, Kuchen ist jetzt genau das Richtige«, sage ich und entdecke, während ich mich kauend im Café umsehe, Lukas Engel, der an einem Tisch am Fenster vor einer Cola sitzt. Er winkt mir etwas unbeholfen von Weitem zu, bleibt aber an seinem Tisch sitzen. Ob er Divy ist und den Treffpunkt verwechselt hat?

Nein, er kann es nicht sein, ihm fehlt doch das Erkennungszeichen, die Mütze. Aber warum ist er im Café Wiesengrund und nicht wie üblich im Spex? Das ist schon seltsam ...

»Ich habe übrigens eine Überraschung für dich«, sagt Papa und lächelt geheimnisvoll.

»Ich auch«, sage ich und nehme einen Schluck Cappuccino.

»Echt?«, fragt er. »Da bin ich ja mal gespannt.«

»Du zuerst«, sage ich.

»Wirklich?«, fragt er. »Aber bei mir handelt es sich um eine richtig große Überraschung ...«

»Nun mach es nicht so spannend!«

»Also«, fängt er an und lächelt feierlich. »Wir werden uns bald wieder häufiger sehen!«

»Das ist gut!«, rufe ich. »Das passt zu meiner Überraschung. Jetzt aber erst mal deine!«

Ob er mir vorschlagen wird, dass ich zu ihm ziehen soll? Oder hat er vielleicht sogar schon eine Wohnung oder ein Haus in Strandnähe für uns gemietet? Ich schiebe ein Stück Kuchen in den Mund und warte gespannt.

»Ich werde bald wieder in Deutschland arbeiten«, sagt Papa strahlend. »Ich habe eine feste Stelle bei einem Reisemagazin angenommen.«

Entgeistert starre ich ihn an und vergesse fast das Kauen.

»Heißt das, du wirst nicht mehr in Australien leben?«, frage ich und halte den Atem an.

»Ganz genau«, sagt er lächelnd und streicht über meinen Arm. »Schließlich will ich meine Tochter häufiger als einmal im Jahr sehen.«

Ich sage gar nichts, halte meine Gabel in der Hand und bin nur noch geschockt.

»Was ist denn?«, fragt Papa und mustert mich aufmerksam. »Du scheinst dich über meine Überraschung nicht besonders zu freuen.«

»Aber warum denn?«, jammere ich. »Warum willst du denn hier arbeiten? Es war doch immer so schön in Australien ...«

»Stimmt, die zwei Jahre, die ich dort verbracht habe, die will ich auch nicht missen. Aber auf Dauer will ich einfach in deiner Nähe leben ... Sonst entfremden wir uns ja ganz.«

»Ja, aber ich wollte doch ...«

»Was wolltest du? Du meinst unseren Tauchurlaub?«

»Ja ... nein ... Ich meine nicht den Urlaub ...«

»Was denn dann?«, fragt Papa stirnrunzelnd.

»Ach, du verstehst mich nicht!«, platze ich heraus. »Du verstehst mich genauso wenig wie Mama. Ihr macht immer nur das, was ihr wollt, und fragt mich nie, was ich eigentlich davon halte.«

»Maya! Was ist denn los? Wie kommst du denn darauf? Wir lieben dich und wollen nur das Beste für dich!«

»Ja, ja, das sagt ihr immer.« Ich lege die Kuchengabel weg und stehe auf.

»Was ist denn plötzlich los mit dir?«, fragt Papa verstört. »Ist was passiert?« Er legt seine Hand auf meinen Arm, doch ich schüttle sie ab.

»Ach lass mich! Wenn ihr euer Leben lebt, wie es euch passt, dann lasst mich das doch bitte auch!«

»Also, das musst du mir jetzt aber schon erklären«, sagt Papa.

»Du hast mir alles verdorben!«, heule ich. »Alles. Und kannst du mir mal sagen, was ich jetzt mit meinem Ticket machen soll?«

»Was für ein Ticket denn?«, fragt Papa irritiert.

»Das ist jetzt auch egal«, schluchze ich.

Bevor Papa mich halten kann, schnappe ich meine Tasche und stürme zum Ausgang.

»Maya!«, ruft Papa, springt auf, bleibt aber am Tisch stehen. Offensichtlich rechnet er damit, dass ich zurückkomme, aber da kann er lange warten!

Ich bin so sauer auf ihn! Er weiß schon seit Tagen, dass er nach Deutschland kommt, aber er sagt mir kein Wort davon. So mir nichts, dir nichts taucht er dann auf, stellt mich vor vollendete Tatsachen und verkündet, dass er wieder in Deutschland leben will, ohne mich zu fragen, was ich davon halte und ob ich nicht nach Australien will.

Meine Finger sind ganz zittrig vor Wut, und deshalb kippt mein Fahrrad um, als ich das Schloss öffnen will. Während ich es wieder aufstelle, fällt mein Blick auf den Tisch am Fenster, an dem Lukas sitzt, der sich angeregt mit Emily unterhält. Das ist ja der Hammer! Keinen Ton hat sie davon erzählt, dass sie sich mit Lukas trifft!

Im Vorbeiradeln sehe ich, dass im Spex noch immer die Jungs

aus meiner Klasse versammelt sind, aber einen Jungen mit Mütze kann ich nicht erkennen. Wenn ich ehrlich bin, muss ich zugeben, dass ich in diesem aufgelösten Zustand auch gar nicht in der Lage wäre, Divy zu treffen, selbst wenn er erschienen wäre.

Ich bin so durcheinander, dass ich mich nur noch irgendwo in mein Schneckenhaus zurückziehen will, und hoffe inbrünstig, dass Mama nicht zu Hause ist, wenn ich ankomme. Ich kann mir nämlich sehr gut vorstellen, welche Standpauke auf mich wartet. Den Brief hat sie bestimmt längst geöffnet und das unbezahlte Flugticket in die Finger bekommen.

Weil mein ganzes Leben sowieso nur noch aus Ärger und Frust zu bestehen scheint, ist mir die Verabredung mit Wilhelm und Mark inzwischen auch ganz egal. Sollen sie sich doch aufregen, weil ich nicht erschienen bin, das ist jetzt wirklich mein kleinstes Problem.

Ich stelle mein Fahrrad vor unserem Haus ab und öffne mit eiskalten Fingern die Haustür. In der Diele bleibe ich erst einmal stehen, um zu lauschen. Mama und Basti scheinen nicht da zu sein, Gott sei Dank!

Vor dem Spiegel stelle ich fest, dass ich grauenhaft aussehe mit meinen vom Weinen verquollenen Augen. Außerdem fehlt meine Mütze, die ich wahrscheinlich im Café Wiesengrund habe liegen lassen.

Ich gehe die Treppe hoch und verschwinde in meinem Zimmer, wo ich mich sofort aufs Bett lege und die Decke über mich ziehe. Aus Toms Zimmer nebenan dringt Rockmusik, aber das stört mich nicht. Alle unangenehmen Gedanken verbanne ich aus meinem Kopf, ich will nur noch schlafen.

Katzenjammer

Das Klingeln des Telefons weckt mich aus meinem Schlummer. Papa!, ist mein erster Gedanke und ein Stich fährt mir in den Bauch. Ein Blick auf die Uhr sagt mir, dass ich nur ganz kurz eingedöst bin. Ich nehme den Hörer ab und mache mich schon auf eine Strafpredigt gefasst, als ich Emilys Stimme erkenne.

»Maya, bist du's?«

»Ja, was ist?« Ich räuspere mich. »Oh nein, ich wollte mich ja melden!«

»Mann, wir haben uns schon Sorgen um dich gemacht.« Ich runzle die Stirn, denn sie hört sich ein bißchen an wie meine Mutter.

»Wer ist wir?«, frage ich genervt.

»Lukas und ich.«

»Du hast mir gar nicht erzählt, dass ihr euch inzwischen persönlich kennt und euch trefft«, sage ich spitz.

»Darum geht es doch jetzt gar nicht«, sagt Emily hastig. »Es geht um dich und diesen älteren Mann, mit dem du dich getroffen hast. Er ist nämlich noch immer im Café, was ich ganz merkwürdig finde. Ist das dieser Mr. Divy oder woher kennst du ihn?« Jetzt

muss ich lachen, obwohl ich eigentlich noch immer völlig down bin.

»Hallooo?! Das war doch nicht Divy! Das war mein Vater!«

»Dein Vater? Ich denke, der lebt in Australien?«

»Ja, aber er wird wieder nach Deutschland ziehen. Ich habe das auch erst heute erfahren.« Als ich an Papa denke, krampft sich wieder mein Magen zusammen.

»Und warum bist du so plötzlich abgehauen?«, bohrt Emily weiter. »Habt ihr euch gestritten?«

»Ach Emily, du stellst Fragen!«, sage ich abwehrend. »Wie soll ich das jetzt erklären?«

»Lass nur, ich will dich ja nicht aushorchen. Aber es ist so ... Lukas fand auch, dass du so seltsam drauf bist. Er hat dich nämlich beobachtet ... Darüber wollte ich schon heute Mittag mit dir sprechen.«

»Wo hat er mich beobachtet?«, frage ich misstrauisch.

»Im Sporthaus, in der Taucherabteilung. Er hat gesehen ...« Ihre Stimme nimmt einen Flüsterton an. »Wie du was eingetütet hast ... na ja, geklaut hast!«

»Was?« Völlig geschockt setze ich mich auf. Das ist ja oberpeinlich!

»Ja, so haben wir uns nämlich kennengelernt, Lukas und ich.« Ich setze mich auf, klammere mich an den Telefonhörer und zwinge mich, ruhig zu bleiben.

»Also, jetzt mal langsam. Du warst auch im Sporthaus? Am Mittwoch so um fünf?«

»Ja, ich war da und habe dich auch noch gesehen, wie du rausgerannt bist mit deiner roten Tasche. Ich habe dir sogar noch nachgerufen, aber du hast mich wohl nicht bemerkt.«

»Nein, ich hab dich im Sportladen echt nicht gesehen und auch nichts gehört ... Aber ... aber woher weiß Lukas denn, dass ich was geklaut habe?« Krampfhaft versuche ich, mir den Tag im Sportladen wieder in mein Gedächtnis zurückzurufen.

»Er stand zufällig in deiner Nähe und hat in einem Spiegel beobachtet, wie du die Taucherbrille in deine Tasche gestopft hast. Das hast du doch, oder?«

»Ja.« Ich sage das ganz kleinlaut, denn ich bin wirklich alles andere als stolz darauf, eine Diebin zu sein. Im gleichen Augenblick nehme ich mir vor, in den nächsten Tagen das Sportgeschäft aufzusuchen, mich bei der Verkäuferin zu entschuldigen und die Taucherbrille zu bezahlen. Was war bloß an diesem Tag mit mir los?!

»Und dann ist doch eine Verkäuferin aufgetaucht ...«, reißt mich Emily aus meinen Gedanken.

»Ja, woher weißt du das alles ...«

»Von wem wohl?«, grinst Emily. »Also, pass auf, Lukas hat sie abgelenkt, damit du nicht auffliegst.«

»Ehrlich? Das war er?«

»Ja, das hat er zumindest behauptet.«

»Und wie hast du ihn kennengelernt?«

»Ich bin ihm zufällig an der Rolltreppe in die Arme gelaufen mit meiner Riesentüte, ich habe mir nämlich zwei Paar neue Turnschuhe gekauft ... Sonderangebot ...«

»Hast du ihn angesprochen?«

»Nein, das hätte ich mich ja nie getraut. Er hat die Tüte, die ich aus Versehen habe fallen lassen, aufgehoben und gefragt: ›Bist du nicht Mayas Freundin?‹, ›Ja‹, habe ich gesagt, und er meinte darauf: ›Dann richte ihr mal aus, das nächste Mal soll sie vorsichtiger sein.‹ Ich habe erst einmal nichts verstanden und wir sind dann ins Gespräch gekommen.«

»Ihr habt also über mich gesprochen ...«, stelle ich fest.

»Na ja, wir haben eben zusammen überlegt, was mit dir los ist, wenn du anfängst zu klauen.«

»Und? Zu welchem Schluss seid ihr gekommen?«, frage ich gereizt.

»Keine Ahnung, dass es dir nicht gut geht. Und als wir dich dann mit diesem Mann ... deinem Vater gesehen haben, dachten wir, jetzt trifft sie sich auch noch mit zwielichtigen Internetbekanntschaften, denn ich dachte natürlich, dass das Divy ist, der sich als Schüler ausgegeben hat, aber eigentlich gar keiner ist ...«

Ich weiß nicht recht, ob ich mich darüber freuen soll, dass Emily und Lukas so besorgt um mich sind.

»Na ja, immerhin hast du jetzt auf diese Weise Lukas kennengelernt«, sage ich. »Dann konnte ich dir ja doch helfen, auch wenn das so nicht geplant war. Und? Ist er immer noch dein Typ?«

»Ja du, er ist so süß! Er hat mir gestern ein paar neue Spiele auf meinen Computer geladen. Und hast du gewusst, dass er auch mit dem Spiegelteleskop Sterne beobachtet, so wie ich?«

»Nein, ich kenne ihn ja kaum.«

»Ich weiß«, sagt Emily. »Es tut mir auch leid, dass ich neulich so eifersüchtig war. War echt blöd von mir. Verzeihst du mir?«

»Schon okay.«

»Er findet, dass ich so schöne Augen habe. Stell dir mal vor, Maya, am Samstag gehen wir zusammen ins Kino! Unser zweites Date!«

»Das freut mich für dich«, sage ich und meine es ehrlich.

»Und noch etwas muss ich dir erzählen«, sagt Emily eifrig, die im Unterschied zu mir richtig guter Laune zu sein scheint. »Das Foto von dir im Internet ...«

»Ja?«

»Das war gar nicht von dir! Eine Austauschschülerin aus England, die bei Monas Cousine wohnt, sie heißt eigentlich Mia, hat es unter ihrem Nickname ›BeeMaya‹ als ihr Profilbild ins Internet gestellt und auch an verschiedene Leute mit dem Handy verschickt, und alle haben gedacht, das bist du ...«

»Woher weißt du das?«

»Winni hat es mir heute nach der Schule gesagt, und Lukas hat es mir bestätigt, dass alle Jungs ganz wild auf dieses Foto waren. Die muss aussehen wie ein Model.«

»Aber das hätten sie doch erkennen können, dass ich es nicht bin ...«, wende ich ein. »Diese Schülerin sieht doch bestimmt nicht genauso aus wie ich, oder?«

»Nein, aber es war doch auch kein Porträt, sondern ein Bild ohne Kopf ... So ein sexy Bauchfoto mit Bauchnabelpiercing ...«

»Und warum habe *ich* das Bild im Internet nicht entdeckt?«, frage ich.

»Chattest du auch im SchülerVZ?«

»Nein, nur im Schülerchat.«

»Dann weißt du, warum du es nicht entdeckt hast. Es war nämlich nicht auf der Schulseite.«

Emilys Antwort lässt mich erst einmal verstummen.

»Dann dachten wohl alle zuerst, das sei *mein* Bauch«, sage ich schließlich. »Deshalb waren alle Jungs so hinter mir her. Ich war gar nicht gemeint.« In meinem Lachen schwingt Verlegenheit mit, weil ich mir bewusst werde, wie peinlich alles ist.

»Also, das kann man so auch nicht sagen«, findet Emily, die vergeblich versucht, mich wieder aufzubauen.

»Aber die Fotos, die Kalle von mir geknipst hat, die hat er dann also gar nicht weitergegeben und ins Internet gestellt?«, frage ich, noch immer etwas verwirrt.

Emily schüttelt hörbar den Kopf. »Ein Schnappschuss von dir ist, soweit ich weiß, nirgends aufgetaucht.«

»Dann hat mich Kalle also doch nicht angelogen«, sage ich ganz betreten.

»Nein, vermutlich nicht«, meint Emily. »Lukas hat behauptet, Fotos von anderen einfach so ins Internet stellen, ich meine, ohne vorher zu fragen, so etwas würden Tom und Kalle nie tun, dafür legt er seine Hand ins Feuer.«

»Voll peinlich«, stöhne ich und schiebe meine Haare aus dem Gesicht. »Ich glaube fast, ich muss mich bei den beiden entschuldigen ... Warte mal.« Ich lausche. »Du, Emily, ich muss jetzt aufhören, es ist jemand an der Tür«, sage ich flüsternd. »Ich fürchte, bei mir gibt's gleich einen Megaärger. Warum, erzähl ich dir später. Aber danke, dass du angerufen hast, du bist eine echte Freundin ... Wir sehen uns Montag in der Schule. Bis dann!«

»Maya?« Es ist Mamas Stimme, die durchs Haus schallt. »Bist du da?« Schnell lege ich den Hörer auf.

»Ja, du kannst hereinkommen«, sage ich, krabble ins Bett und ziehe die Bettdecke über meine Schultern.

»Du liegst ja im Bett?«, fragt Mama, als sie mein Zimmer

betritt, und zieht die Augenbrauen hoch. »Hast du einen Grippe-rückfall?« Sie hält ihre Hand auf meine Stirn.

»Na ja ... es geht mir nicht so prickelnd«, sage ich und presse die Lippen zusammen.

»Ich muss trotzdem mit dir reden, Schatz«, sagt Mama streng und setzt sich zu mir ans Bett. »Ich habe den Brief aufgemacht. Willst du mir etwas dazu sagen?«

»Welchen Brief meinst du?«, frage ich scheinheilig, um Zeit zu gewinnen.

»Du weißt genau, welchen ich meine«, sagt Mama mit zusammengekniffenen Augenbrauen. »Er enthielt eine Rechnung von 1500 Euro für ein Flugticket nach Australien. Kannst du mir sagen, was das soll? Hast du wirklich ganz ohne Absprache mit mir oder deinem Vater einen Flug gebucht?«

»Es ging ganz einfach ...«, sage ich kleinlaut.

»Das sehe ich. Und womit wolltest du bezahlen?«

»Ich habe doch noch was auf dem Sparkonto. Und ich verdiene ja jetzt bei Herrn Wieland auch etwas Geld.«

»Weiß Papa denn davon?« Mamas Miene wird noch strenger, bestimmt denkt sie, dass wir alles gemeinsam geplant haben, ohne sie einzuweihen.

»Nein, nein«, beeile ich mich, ihr zu versichern, denn ich weiß, dass sie meinen Vater für einen unzuverlässigen Sponti hält und sie dazu neigt, ihm die Schuld zu geben, wenn irgendetwas nicht so klappt, wie sie es sich vorstellt.

»Ehrlich«, betone ich und sehe sie fast flehend an. »Papa hat damit nichts zu tun, er hat keine Ahnung. Du kannst ihn fragen, er ist hier.«

»Papa ist hier?«, fragt sie verwundert. »Wo denn? Hast du ihn getroffen? Aber warum hat er nicht vorher angerufen? Jetzt sag schon, was ist los?«

»Er hatte beruflich in Deutschland zu tun. Er hat sich nicht angekündigt, weil er nicht wusste, ob er Zeit hat, sich mit mir zu treffen«, sage ich und fange wieder an zu weinen. »Dann hatte er doch Zeit, hat hier angerufen und wir haben uns im Wiesengrund getroffen ... Aber wir haben uns gestritten ... Ich war so wütend auf ihn, weil er mir erst heute gesagt hat, dass er wieder nach Deutschland ziehen wird.«

»Das wusste ich auch nicht«, sagt Mama verwundert. »Kein Wort hat er mir gesagt. Hat er in Sydney schon alle Zelte abgebrochen?«

Sie schiebt mir ein Taschentuch zu.

»Ich weiß es nicht«, sage ich ins Taschentuch schniefend. »Ich glaube aber nicht, denn er fliegt, soviel ich weiß, heute oder morgen zurück.«

»Warum kommt er denn nicht hier bei uns vorbei?«

»Er weiß nicht, ob euch das recht ist, dir und Jens.« Schon wieder muss ich weinen. Mama gibt mir einen Kuss und wischt mir mit einem Taschentuch die Tränen aus dem Gesicht.

»Was sollten wir denn dagegen haben? Papa ist hier jederzeit willkommen und kann dich besuchen, sooft du willst.«

Ich putze mir die Nase.

»Sollen wir ihn anrufen und einladen?«, fragt Mama. »Komm, ich versuch das gleich. Kennst du seine Nummer auswendig?« Ich diktiere ihr die Zahlen und sie tippt sie ein, doch Papa nimmt nicht ab.

»Hat er denn eine neue Handynummer?« Mama seufzt. »Es ist immer dasselbe mit ihm ... na ja ... wie auch immer, falls wir ihn über das Handy nicht erreichen, müssen wir ihm eben über E-Mail eine Nachricht schicken, dass er sich mal melden soll.«

Mama steht auf.

»Und das Ticket müssen wir auch noch stornieren«, fügt sie hinzu.

Sie geht aus dem Zimmer und schließt die Tür hinter sich. Ich lege mich im Bett auf die Seite und ziehe die Decke fast bis zur Nase. Der Traum vom Leben in Australien ist ausgeträumt, ich muss weiterhin hier wohnen, und jetzt ist sogar alles schlimmer als zuvor, weil ich keine Hoffnung mehr habe, von hier wegzukommen.

Ich muss in diesem verdammten Kaff wohnen, in diese verdammte Schule gehen und meine verdammten Stiefbrüder aushalten. Und dann auch noch diese Sache mit dem Bauchfoto. Die Schamesröte zieht mir ins Gesicht, wenn ich daran denke, dass ich mir eingebildet habe, ich würde Mark Colling gefallen, dabei hat er mit seinem Kuss gar nicht mich gemeint.

Wahrscheinlich gibt mir auch Wilhelm nur deshalb Nachhilfe, weil er glaubt, dass ich ein heißes Piercing auf meinem Bauch habe.

Divy weiß zwar nichts von einem Bauchfoto, aber auch ihm bedeute ich wohl gar nichts, sonst wäre er doch im Spex erschienen, oder? Am besten schicke ich ihm gleich eine Mail und knalle ihm um die Ohren, dass ich ihn nicht mehr treffen will. Man sollte keine Internetbekanntschaften schließen und sich online verlieben!

Ich schalte den Laptop an. Online ist er nicht, wie ich sofort sehe. Aber das macht nichts. Irgendwann wird er meine Mail ja lesen.

Nachricht von Knitting Jenny an Mr. Divy:

Wo warst du, Divy? Ich war da, aber du nicht! Nirgendwo im Spex war irgendjemand mit Mütze! Ich habe jedenfalls keine Lust mehr, mit dir zu chatten oder dich persönlich kennenzulernen. Ciao, Jenny

Nachdem ich die Mail abgeschickt habe, lege ich mich wieder ins Bett und höre laut Musik, um alle traurigen Gedanken und Gefühle aus meinem Leben zu verbannen.

schmetterlinge im bauch

Hat es nicht eben geklingelt? Ich setze mich von meinem Bett auf und nehme die Kopfhörer aus meinen Ohren.

Das Klingeln ist jetzt deutlich zu hören. Warum macht denn niemand auf? Ich stehe auf, eile ans Fenster und werfe einen Blick hinaus. Oh nein! Das gibt es doch nicht! Es ist Papa! Und jetzt schaut er sogar zu meinem Fenster. Schnell trete ich zurück. Ob er mich gesehen hat?

Am liebsten würde ich in ein Mauseloch verschwinden, denn bestimmt will er mich jetzt zur Rede stellen, und Kalle und Tom werden das alles mitkriegen.

Ich sehe, dass Mama ans Gartentor geht und ihn begrüßt. Von meinem Fenster aus erkenne ich, wie sie ihn ins Haus führt, wo er, wie ich an dem Stimmengemurmel erkenne, von Jens, Tom, Basti und Kalle begrüßt wird. Bestimmt kommt er jetzt gleich hoch in mein Zimmer! Aber ich will das nicht. Ich will mich nicht rechtfertigen, ich will einfach nur meine Ruhe haben, deshalb ziehe ich die Bettdecke bis über die Ohren, schließe die Augen und versuche meine Gedanken und Gefühle auszuschalten.

Wenn jemand ins Zimmer kommt, werde ich mich einfach

schlafend stellen. Ich warte eine Weile, doch keiner kommt die Treppe hoch. Vorsichtig öffne ich die Tür und schleiche auf Zehenspitzen zur Treppe. Jens, Kalle und Tom scheinen unten in der Küche zu sein, während Mama in ihrem Arbeitszimmer im ersten Stock ist und sich offensichtlich gerade mit meinem Vater unterhält.

Ich spitze meine Ohren, um herauszufinden, worüber sie sich unterhalten, fange aber leider nur Wortfetzen auf. Ganz vorsichtig und leise tapse ich, nur mit T-Shirt und Leggings bekleidet, barfuß die Treppe runter vor ihre Tür, um mehr verstehen zu können.

»... Ich glaube, sie schläft jetzt ... Das war wohl alles zu viel für sie«, sagt Mama gerade. »Sie ist ja voll in der Pubertät, ihre Hormone spielen verrückt ... Sie hat richtige Stimmungsschwankungen, aber darüber sprechen will sie natürlich nicht.« Oh Gott, wie peinlich, schon wieder diese Pubertätsdebatten! Wie ich sie hasse!

»Die Trennung der Eltern zu verkraften, sich an eine neue Familie zu gewöhnen und die alten Freunde zu verlieren, ist für kein Kind einfach«, sagt Papa, der offensichtlich nicht begreifen will, dass ich schon längst kein Kind mehr bin.

»Zuerst dachte ich ja, Maya ist robust, sie schafft das schon. Aber sie scheint doch nicht so belastbar zu sein, wie ich dachte«, sagt Mama. »Ich habe mir eine Zeit lang richtig Sorgen um sie gemacht. Sie hatte ja von einem Tag auf den anderen keinen Kontakt mehr zu ihrer alten Umgebung, ihren Klassenkameraden und Freunden. Mir gegenüber hat sie sich ja schon vor dem Umzug gar nicht mehr richtig geöffnet, sondern nur noch gebockt. Es war wirklich nicht leicht mit ihr.« Mit dir auch nicht, Mama, würde ich am liebsten hinzufügen und knabbere an meinen Fingernägeln.

»Was ist denn mit dieser Klara? So heißt sie doch, oder?«

»Ihre alte beste Freundin? Nein, die hat sich bei ihr, soweit ich weiß, nicht mehr gemeldet. Aber was will man machen ... der Umzugsstress ... Ich hatte nicht genug Zeit, sie zu trösten. Und selbst wenn, sie lässt mich ja gar nicht mehr an sich ran.«

»Dass ich nicht für sie da sein konnte, hat das Ganze sicher noch erschwert«, meint Papa, was mich ärgert, denn, wenn er das weiß, dann kann er sich ja gefälligst öfter melden.

»Ja, mag sein«, seufzt Mama, »jedenfalls hat sie sich häufig mit mir und den Jungs gezofft.« Dann lacht sie. »Aber ihr Papa ist immer der Größte für sie, während ich die Spaßbremse bin.«

Ja, das bist du, denke ich grimmig.

»Mag sein«, sagt Papa. »Wie auch immer, wenn ich wieder in Deutschland lebe, kann ich mich ja regelmäßig um sie kümmern und etwas mit ihr unternehmen.«

»Wann hast du denn den Umzug geplant?«

»Im September, dann kann Maya vorher noch mal nach Australien kommen. Sie hat sich doch so sehr eine Tauchtour gewünscht.« Immerhin, das hat er sich gemerkt.

»Weißt du, dass sie ein Ticket gebucht hat?«

»Nein! Ein Flugticket nach Sydney?«

»Ja, für 1500 Euro. Sie hat es einfach auf Rechnung im Internet bestellt. Dass das so einfach geht, wirklich unglaublich!« Mama lacht. »Sie wollte uns wohl vor vollendete Tatsachen stellen und dann einfach so bei dir auftauchen.« Jetzt lachen beide.

»Was denkt sie sich dabei?«, fragt Papa. »Einfach ein Ticket zu buchen und dann nach Australien zu fliegen. Wahrscheinlich wäre ich gar nicht zu Hause gewesen.«

»Sie ist dreizehn, da denkt man nicht so weit.«

»Hast du die Buchung irgendwo? Wir müssen das ja noch regeln ...«

»Ja klar, der Brief vom Reisebüro liegt unten im Esszimmer. Komm, ich zeig ihn dir, wir gehen kurz runter ...«

In Windeseile schleiche ich in mein Zimmer zurück und höre noch, wie die beiden aus Mamas Zimmer treten und die Treppe runter ins Esszimmer gehen. Puh, das war knapp, doch ich bin froh, dass ich das Gespräch belauscht habe.

Vor dem Spiegel stehend reibe ich meine Augen, die noch immer etwas verquollen aussehen, und beschließe, schnell zu duschen und mich umzuziehen, bevor ich Papa begrüße. Mit Bademantel und frischer Wäsche bewaffnet, verschwinde ich im Bad und stelle mich unter die Dusche.

Das heiße Wasser, das über meinen Kopf und den ganzen Körper fließt, scheint auch einen Großteil meines Frusts abzuwaschen, denn als ich mich abtrockne, fühle ich mich nicht nur körperlich erfrischt.

Zurück in meinem Zimmer schlüpfe ich in meine Jeans und ziehe ein weißes T-Shirt über den Kopf. Die nassen Haare kämme ich einfach so aus dem Gesicht, um sie an der Luft trocknen zu lassen, dann gehe ich langsam die Treppe hinunter ins Erdgeschoss.

Das Esszimmer, in dem Mama und Papa sitzen, lasse ich links liegen und öffne die Küchentür. Jens steht am Herd und brät Fleisch an, Kalle wäscht Salatblätter und Tom sitzt am Küchentisch und schneidet Gemüse klein.

»Ah, Maya, das ist gut«, brummt Tom. »Du kannst mir gleich mal helfen.« Er schaut kurz auf und fügt hinzu: »Wenn du willst, natürlich.«

»Was soll ich machen?«, frage ich.

»Hier, die Petersilie.« Er reicht mir Kräuter und ein Brettchen. »Sind schon gewaschen und müssen fein geschnippelt werden.«

Ich hole mir ein Küchenmesser aus der Schublade, setze mich neben Tom und fange an zu schnippeln.

Jens fragt mich, ob Papa Knoblauch mag, und wir unterhalten uns eine Weile über unsere Lieblingsgerichte, bis er schließlich sagt: »So, und nun deck doch schon mal mit Mama den Tisch.«

Zögernd stehe ich auf, wasche meine Hände, trockne sie ab und überlege dabei, was ich zu meinen Eltern sagen könnte, um meine zugegebenermaßen etwas kopflosen Handlungen zu erklären.

»Maya, dein Papa ist da!«, ruft Basti, als ich ins Zimmer komme, und tapst mir entgegen, so gut das eben geht mit seinem Verband am Fuß.

Ich muss lachen, genauso wie Papa und Mama, zu denen ich mich an den Tisch setze.

»Es tut mir leid, Papa«, sage ich leise, starre auf den Tisch und streiche mit dem Finger über die Holzoberfläche. »Es war blöd von mir, einfach wegzurennen.«

»Allerdings«, sagt Papa, »ich dachte zunächst, du machst wieder einen Abstecher ins Café gegenüber und kommst dann gleich zurück. Nach dem dritten Cappuccino habe ich mir Sorgen gemacht und wollte dich anrufen, aber es hat keiner abgenommen. Vielleicht war es auch die alte Nummer ... Ich weiß es nicht, blöderweise hatte ich mein Adressbuch im Hotel vergessen.«

»Das ist mal wieder typisch!«, sagt Mama und verzieht ihr Gesicht zu einem spöttischen Lachen, das Papa ignoriert.

»Wenn ich nicht die Visitenkarte des Hotels in meiner Hosentasche gefunden und dort angerufen hätte, also, dann hätte ich euch gar nicht gefunden«, sagt er und nimmt einen Schluck Wasser. »Der Portier ist in mein Zimmer gegangen, hat in meinem Adressbuch nachgeschlagen und mir übers Handy eure neue Adresse diktiert.« Er lacht.

»Aber jetzt bist du ja da, Papa«, sage ich und gebe ihm einen Kuss.

»Dein Besuch passt super, Uli«, sagt Mama, »nun können wir ganz gemütlich entscheiden, wer wann und wohin in Urlaub fährt.«

»Wir fahren an den Strand!«, ruft Basti laut.

»Aber ich verstehe immer noch nicht, warum du so plötzlich abgehauen bist, Maya«, sagt Papa und sieht mich fragend an.

»Es ist ... weil ... ich war einfach so enttäuscht«, antworte ich verlegen.

»Warum warst du denn enttäuscht?«, fragt Basti und klettert auf meinen Schoß.

»Weil ich nicht nach Australien reisen darf ...«, antworte ich.

»Dabei darfst du das doch«, sagt Mama und legt die Hand auf meine Schulter.

»Wir müssen das Ticket gar nicht stornieren«, ergänzt Papa. »Ich kann es so einrichten, dass du in den Sommerferien noch vor meinem Umzug nach Australien kommst, und dann machen wir die geplante Tauchtour mit allem Drum und Dran.«

»Wirklich?« Meine Augen füllen sich mit Tränen. Nicht aus Traurigkeit, sondern weil ich so froh bin. Warum habe ich bloß so einen Blödsinn angestellt und nicht früher mit meinen Eltern geredet …

»Bist du mir auch nicht mehr böse, Mama?«, frage ich, lehne meinen Kopf an ihre Schulter und gebe ihr einen Kuss.

»Nein, mein Schatz«, sagt Mama und tätschelt mich am Rücken. »Aber ich hoffe, dass du mich künftig früher in deine Pläne einweihst.«

»Und mich bitte auch, falls du mal wieder planst, spontan vor meiner Tür zu stehen«, sagt Papa.

»Ihr habt ja noch gar nicht den Tisch gedeckt!«, ruft Kalle, der gerade aus dem Esszimmer kommt und eine große Salatschüssel auf den Tisch stellt. »Jetzt aber schnell!«

Papa, Mama, Basti und ich stehen auf und verteilen Teller, Gläser und Besteck auf dem Tisch. Tom bringt Wasser und Wein, Kalle Gemüse und Reis, bis schließlich auch Jens erscheint und die gebratenen Putenschnitzel aufträgt, die sehr lecker riechen.

»Super, dass du heute gekocht hast«, sagt Mama und gibt Jens einen Kuss auf die Wange.

»Finde ich auch«, sagt er und fragt: »Wer hat den größten Hunger?«

»Ich!«, meldet sich natürlich Basti und hält seinen Teller in die Luft.

Beim Essen unterhalten wir uns über Australien, über Papas Arbeit, die neue Stelle und die Sommerferien. Ich kann es kaum fassen, wie entspannt alle zusammensitzen und lachen.

Tom und Kalle stören weniger, als ich befürchtet hatte, im

Gegenteil, sie scheinen sich sehr gut mit Papa zu verstehen und interessieren sich für Australien und seinen Job.

»Ich räume schon mal den Tisch ab«, sagt Mama nach dem Essen. »Hilfst du mir, Maya?«

Sonst maule ich immer, ganz routinemäßig, wenn sie Arbeit für mich hat, aber jetzt springe ich auf, um die Tellerstapel in die Küche zu tragen. Gerade habe ich die verschmutzten Teller in die Spülmaschine gestellt, als das Telefon klingelt.

»Es ist für dich, Maya, Herr Wieland«, sagt Mama und reicht mir den Hörer.

»Oh Gott!«, rufe ich und halte vor Schreck die Hand vor den Mund.

»Bist du's, Maya?«, fragt Herr Wieland.

»Ja, entschuldigen Sie bitte, es tut mir so leid, dass ich vergessen habe, Erwin abzuholen. Klar komme ich noch, wenn Sie wollen ... gut, okay.«

»Willst du jetzt noch Gassi gehen?«, fragt Mama.

»Ich muss!«, sage ich und rufe Papa, der dem kleinen Basti gerade ein Bilderbuch vorliest, zu: »Bin in einer halben Stunde wieder da.«

Erwin freut sich riesig, als ich ankomme, er springt an mir hoch und leckt meine Hand. Weil ich so gut gelaunt bin, renne ich ganz schnell und er trippelt mit seinen kurzen Beinen begeistert neben mir her.

Kurz bevor ich das kleine Wäldchen erreicht habe, läuft mir Julian über den Weg, der seine Lizzy ausführt. Diesmal scheint er es nicht eilig zu haben, denn er bleibt bei mir stehen, obwohl es gerade zu regnen anfängt. Die Hunde beschnüffeln einander und Lizzy leckt an Erwins Ohr.

»Heute bist du spät dran«, sagt Julian.

»Du auch«, antworte ich.

»Aber ich bin im Gegensatz zu dir schon wieder auf dem Heimweg ...«, sagt er und lacht.

»Na dann, ich muss dringend los, sonst werden wir noch pitschnass ... Komm, Erwin ...«, sage ich und ziehe an der Leine, doch Erwin weigert sich mitzukommen.

»Hier, setz das auf, dann wirst du nicht so schnell nass.« Er reicht mir meine Mütze.

»Wo hast du die denn her?«, frage ich überrascht und setze die Mütze auf.

»Deine Freundin, Emily heißt sie, glaube ich, hat sie mir gegeben.«

»Du kennst Emily?«

»Kennen ist zu viel gesagt. Ich habe heute zum ersten Mal mit ihr gesprochen. Sie ist mit Lukas spazieren gegangen.«

»Woher kennst du Lukas?«

»Vom Fußball.«

»In diesem Kaff kennt wirklich jeder jeden«, sage ich kopfschüttelnd.

»Sieht fast so aus.« Er grinst. »Jedenfalls bin ich den beiden über den Weg gelaufen und wir haben uns unterhalten. Dann ist Emily eingefallen, dass Lukas mit dem Fahrrad bei euch vorbeifahren und die Mütze in den Briefkasten werfen könnte. Weil ich doch praktisch neben euch wohne, habe ich mich angeboten, das zu übernehmen.«

»Die Welt ist klein«, grinse ich, »also, danke dir.«

»Wenn du willst, komme ich noch auf eine Runde mit«, sagt Julian.

»Dumm, dass ich keinen Regenschirm dabeihabe«, sage ich, denn der Regen wird immer stärker.

»Die Hunde haben auch keinen Schirm«, sagt Julian, und wir albern eine Weile herum, indem wir uns vorstellen, wie Regenschirme für Hunde aussehen müssten.

»Ich glaube, wir sollten unsere Erfindung beim Patentamt einreichen«, kichere ich und bleibe stehen, da Erwin gerade eine Duftspur verfolgt. Julian betrachtet mich.

»Weißt du, dass du mit nassen Haaren total süß aussiehst?«, fragt er.

Er steht direkt vor mir, so nah an meinem Körper, dass sich unsere Nasenspitzen fast berühren, und ich spüre ein angenehmes Ziehen in meinem Bauch. Mein Herz klopft.

»Hast du was dagegen, wenn ich dich küsse?«, fragt Julian ganz leise.

»Nein«, flüstere ich und lasse mich von ihm in die Arme nehmen. Sein Kuss ist sanft und dauert lange. Auch als sich unsere Lippen längst voneinander gelöst haben, bleiben wir eng umschlungen im Regen stehen, bis wir völlig durchnässt sind und Erwin jaulend an der Leine zieht.

»Hier beschwert sich jemand«, sage ich schließlich verlegen und befreie mich aus der Umarmung.

Während wir im Regen nebeneinanderher zurückgehen, versuchen wir das, was geschehen ist, zu ignorieren und unterhalten uns über Filme und Popmusik. Aber innerlich umströmt mich noch immer ein ganz starkes Glücksgefühl.

»Übrigens, ich habe zwei Karten für ein Konzert von ›Franz

Ferdinand‹«, sagt Julian, der mich, nachdem Erwin von seinem Herrchen in Empfang genommen wurde, noch ein Stück nach Hause begleitet. »Hast du Lust, mit mir hinzugehen? Du magst die Gruppe doch, oder?« Ich nicke.

»Na dann, alles Weitere morgen«, sagt er liebevoll, als wir vor unserem Haus stehen. »Ich freue mich schon jetzt riesig auf unseren Hundespaziergang!« Bevor er um die Ecke biegt, nimmt er mich noch einmal in den Arm und drückt mir einen Kuss auf den Mund.

Als ich die Haustür öffne und meine nassen Schuhe in der Diele ausziehe, höre ich, dass Mama, Papa, Jens und die Jungs immer noch am Esstisch sitzen. Nur Basti ist schon im Bett.

Mama reicht mir wortlos ein Handtuch, mit dem ich mir die Haare trocken rubbele. In meinem Zimmer schlüpfe ich noch schnell in trockene Sachen und rase dann zurück ins Esszimmer.

»Stell dir vor, ich werde heute bei euch übernachten«, sagt Papa, als ich mich schließlich auf einem Stuhl niederlasse. »Deine Mutter und Jens haben mich ins Gästezimmer eingeladen.«

»Echt? Juhu, das ist super, dann sehe ich dich ja morgen früh!«, sage ich und gebe ihm einen Kuss. »Wann geht dein Flug?«

»Erst morgen Abend, 21 Uhr. Wenn ich am frühen Nachmittag im Hotel bin, kann ich immer noch packen.«

»Die Sommerferien sind nun auch geklärt«, mischt sich Mama ein. »Zuerst fliegst du mit dem Ticket, das du gebucht hast, nach Sydney, Maya, und bleibst dort vier Wochen. Die letzten beiden Wochen machen wir dann alle Urlaub in Südfrankreich.«

»Ich freu mich so«, sage ich und gebe Mama einen Kuss.

»Nicht schlecht, wenn man zwei Familien hat«, sagt Tom, »dann gibt's Ferien im Doppelpack. Aber ihr müsst mich jetzt entschuldigen, ich muss ins Bett, weil ich morgen früh zum Training muss.«

»Ich auch«, sagt Kalle und folgt seinem Bruder.

»Ich glaube, ich gehe auch ins Bett«, sage ich. »Ich bin echt müde. Morgen ist Samstag, da können wir zusammen frühstücken, Papa.« Ich gebe ihm noch mal einen Kuss und gehe zusammen mit meinen Stiefbrüdern die Treppe hoch.

Beim Zähneputzen merke ich, wie erschöpft ich bin. Trotzdem setze ich mich, bevor ich ins Bett gehe, noch einmal an meinen Laptop, um nachzusehen, ob Divy auf meine Mail geantwortet hat. Vielleicht war ich ja doch etwas zu unfreundlich zu ihm, und vielleicht hatte er einen guten Grund, warum er nicht zu unserem Treffen erschienen ist. Außerdem, wem sonst kann ich um diese Zeit von Julians Kuss erzählen?

In meiner Mailbox finde ich folgende Nachricht:

▼ ✉ Nachricht von Mr. Divy an Knitting Jenny:

Sorry, dass unser Date nicht geklappt hat. Ich war da, auch wenn Du mich offensichtlich nicht bemerkt hast. Vielleicht war das Erkennungszeichen Mütze auch nicht so genial. Wie auch immer, ein Mädchen mit Mütze habe ich im Spex nicht gesehen.

▼ ✉ Nachricht von Knitting Jenny an Mr. Divy:

Okay, irgendwann holen wir unser Treffen nach.

Als ich mich ins Chat klicke, sehe ich, dass Divy im Netz ist, zusammen mit »Rosine7« und Tamtam, die gerade mit ihm flirtet. Oder er mit ihr?

Rosine7: Jungs sind immer so unromantisch. Liebesgedichte finden die doch nur dämlich. Die meisten kennen noch nicht mal eins.

Divy: Klar kenne ich Liebesgedichte.

Rosine7: Wow! Du gefällst mir, Divy!

Tamtam: Du warst aber noch nie verknallt, Divy, oder?

Divy: Wer sagt das?

Tamtam: Ich dachte nur so.

Jenny: Woran merkt man, dass man verknallt ist?

Tamtam: Wenn einem jemand nicht mehr aus dem Kopf geht und man sich wünscht, er würde neben einem liegen und einen küssen.

Jenny: Ich glaube, dann bin ich verknallt.

Tamtam: Was ist passiert? Erzähl!

Jenny: Es hat in Strömen geregnet. Ich stand neben ihm unter einem Baum ...

Tamtam: Wieso das denn?

Jenny: Wir waren Gassi gehen mit den Hunden. Unsere Haare waren patschnass ... und er hat mich geküsst.

Tamtam: Wirst Du ihn wiedersehen?

Jenny: Ja, aber vielleicht ist ihm der Kuss inzwischen peinlich.

Divy: Wie kommst Du darauf?

Jenny: Ich weiß nicht, ob ich ihm wirklich gefalle.

Divy: War es der mit der Gucci-Sonnenbrille? Und dem fetten Grinsen?

Jenny: Nein, der nicht.

Tamtam: Welche Gucci-Sonnenbrille? Kann mich mal einer aufklären?

Divy: Unwichtig.

Tamtam: Na, hör mal? Wieso unwichtig?

Divy: Wann holen wir unser Treffen nach, Jenny?

Tamtam: Ihr beide wolltet Euch treffen? Und ich? Schluchz, schluchz ...

Jenny: Wir können uns ja irgendwann mal zu dritt treffen?

Divy: Aber Jenny wird bald nach Australien auswandern. Das stimmt doch, oder?

Jenny: Jetzt doch nicht, ich bleibe hier, weil mein Vater zurück nach Deutschland zieht.

Divy: Ehrlich? Bist Du enttäuscht? Du hattest Dich doch so auf Australien gefreut und die ganze Reise bereits geplant ...

Jenny: Jetzt nicht mehr ...

Divy: Wieso?

Jenny: Sag ich doch: Ich bin verknallt ...

Divy: Ernsthaft?

Jenny: Ja.

Divy: Warum bist Du Dir diesmal so sicher?

Jenny: Keine Ahnung, aber ich fühle es.

Tamtam: Mann, alle sind verknallt, nur ich nicht.

Rosine7: Ich auch nicht.

Divy: Meine Mum ruft, sorry, ich muss offline gehen. Bis morgen!

rosarote wolken

Das Wochenende war wunderschön. Ich fühle mich wie auf einer rosaroten Wolke. Der ganze Ärger und Stress der letzten Wochen ist von mir abgefallen. Am Sonnenschein allein kann es nicht liegen, aber er verstärkt meine gute Laune.

Zum ersten Mal im Mai ist es warm genug, um das neue hellgelbe T-Shirt anzuziehen, das ich mir von Herrn Wielands Lohn gekauft habe. Mit dem schwarzen Haarband und meiner neuen Sonnenbrille, die mir Papa mitgebracht hat, fühle ich mich cool genug, um Mark und Wilhelm gegenüberzutreten und ihnen zu erklären, warum ich am Freitag nicht erschienen bin.

Papa ist inzwischen abgereist, aber ich bin nicht traurig darüber, da wir uns ja schon bald wiedersehen. Er hat mir ein tolles Buch über die Unterwasserwelt des Great Barrier Riffs geschenkt, mit vielen Fotos, die von ihm selbst sind. Das schaue ich mir immer an, wenn ich Sehnsucht nach ihm habe.

Bevor Papa zurück ins Hotel fahren musste, haben wir am Samstagmorgen zusammen lange gefrühstückt. Es gab Kaffee, Tee, Eier und Speck, Toast, Müsli und Mamas selbst eingekochte Erdbeermarmelade. Weil Papa auch mit am Frühstückstisch saß, hatte ich zum ersten Mal das Gefühl, dass wir nun alle eine große Familie sind.

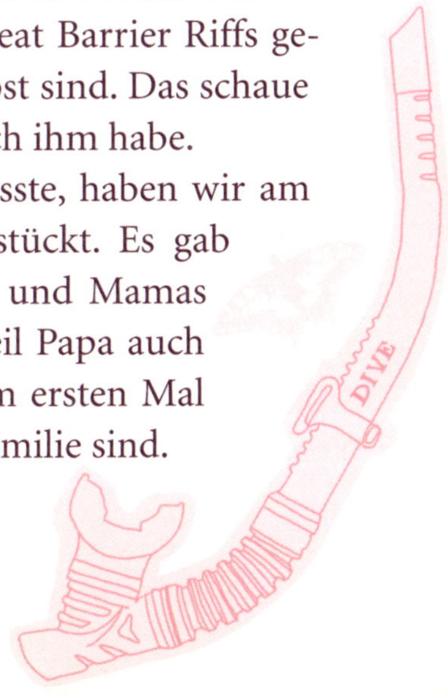

»Kommt Mayas Papa bald wieder?«, fragte Basti, als wir uns verabschiedeten.

»Ja klar!«, riefen wir alle, und ich nahm Basti auf den Arm, knuddelte ihn und las ihm anschließend so viele Bilderbücher vor, dass ich ganz heiser wurde.

Am Nachmittag, Papa war bereits längst in sein Hotel gefahren, habe ich mich nach dem Gassigehen noch mit Julian verabredet. Wir haben uns im Kino eine kitschige Liebeskomödie angeguckt. Ich habe Julian mit Popcorn gefüttert, und mitten im Film, als es im Kinosaal ganz dunkel war, hat er meine Hand genommen. Ganz sanft und lange hat er sie gehalten.

Bisher habe ich ihn noch nicht zu mir nach Hause eingeladen, und auch von Papa, meinem Australienticket und den Problemen nach dem Umzug habe ich ihm nichts erzählt.

Aber am Sonntag haben wir mit den Hunden einen langen Spaziergang im Wald gemacht. Wir haben gar nicht viel geredet, nur ab und zu sind wir stehen geblieben und haben uns geküsst. Wenn ich nur daran denke, wird mir ganz kribbelig im Bauch. Wie schnell sich Gefühle ändern können!

Ich kann gar nicht mehr nachvollziehen, dass mich Marks Kuss vor ein paar Wochen auch in Verwirrung gestürzt hat, denn jetzt ist er überhaupt nicht mehr wichtig für mich. Das Date mit ihm, das Chatten mit Divy, alles hat nicht mehr dieselbe Bedeutung. Ich denke nur noch an Julian.

Als ich vor der Schule stehe und die Eingangstür öffne, bin ich so in Gedanken, dass ich Wilhelm, der mir gerade entgegenkommt, gar nicht bemerke und ich deshalb mit ihm zusammenstoße.

»Oh, tut mir leid«, sage ich schnell.

»Nichts passiert.«

Während wir gemeinsam die Treppe hochgehen, sagt er: »Sorry, dass ich am Freitag nicht gekommen bin.« Er wirkt ganz zerknirscht. »Ich musste gleich nach der Schule mit meiner Mutter zu meinen Großeltern fahren. Mein Opa hatte Geburtstag, das hatte ich ganz vergessen, und ich habe in der Eile deine Telefonnummer nicht gefunden.«

»Ach, das macht gar nichts«, strahle ich. »Ich hätte unser Treffen auch absagen müssen, weil mein Vater ganz überraschend zu Besuch gekommen ist.« Wilhelm macht den Vorschlag, dass wir nächste Woche Mathe lernen können, was mich ehrlich freut.

»Colling hat 'ne Neue!«, ruft Nick und klopft Mark auf die Schulter, als Wilhelm und ich das Klassenzimmer betreten.

»Aber Maya ist es nicht«, sagt David und grinst mir frech ins Gesicht.

»Hallo Maya!«, ruft Mark und winkt mir zu. »Hast du gehört, dass wir für unser Referat eine Eins gekriegt haben?«

»Ja, ja«, sage ich errötend, »hab ich auch schon gehört.«

Ich überlege, ob ich mich noch dafür entschuldigen soll, dass ich zu unserem Date am Freitag nicht erschienen bin, lasse es aber bleiben. Er scheint keine Erklärung zu erwarten, vor den Jungs wäre es ihm wahrscheinlich sogar peinlich.

Erleichtert darüber, dass sich alles in Wohlgefallen aufgelöst hat, setze ich mich an meinen Platz und beobachte von der Bank aus die Jungs, die lautstark darüber debattieren, wer Marks neueste Eroberung schon einmal gesehen hat und welchen Rang sie in der Schönheitsskala einnimmt. Ich denke an Julian und bin froh, dass er so anders ist.

Eben kommt Winni zur Tür herein, und sofort scharen sich die Mädchen um sie, diesmal um zu begutachten, ob sie Windpockennarben hat. Hat sie aber nicht, bis auf eine winzige auf der Stirn, man sieht sie kaum.

»Ihr könnt euch das nicht vorstellen, aber ich sah aus wie ein Streuselkuchen«, klagt sie. »Überall diese juckenden Pusteln, es war ganz schön schwer, nicht zu kratzen. Auf die Straße habe ich mich natürlich auch nicht mehr getraut.«

Emily ist spät dran. Sie schafft es gerade noch, auf ihren Stuhl zu fallen, bevor unser Englischlehrer, Herr Lechner, das Klassenzimmer betritt.

»Puh, ich bin so gerannt«, keucht sie leise, während sie sich aus ihrer Jacke schält und ihre Bücher und Hefte aus der Schultasche holt.

»Du siehst cool aus«, flüstert sie mir ins Ohr, »voll süßes T-Shirt. Wie war's am Sonntag?« Eine Weile informieren wir einander gegenseitig halb schriftlich, halb mündlich über die wichtigsten Geschehnisse in Sachen Verknalltsein, bis uns Herr Lechner ermahnt, still zu sein.

In der großen Pause stehen Emily und ich im Schulhof in der Mädchenecke bei Winni und ihren Freundinnen.

»Habt ihr beide das schon mitgekriegt?«, fragt Winni und wendet sich an Emily und mich.

»Was?«, frage ich.

»In drei Wochen startet bei mir eine Party«, sagt sie, »während ich krank war, habe ich alles zusammen mit meiner Mutter geplant.«

»Was ziehst du an?«, fragt Mona.

»Keine Ahnung«, sagt Winni. »Wird sich noch zeigen. Aber

da fällt mir ein Witz ein: Lilli sagt: ›Papa, darf ich auf der Party ein Kleid von Jil Sander tragen?‹ Da sagt ihr Vater: ›Warum nicht? Wenn ihr die gleiche Größe habt.‹« Alle lachen pflichtschuldig.

»Ihr seid übrigens auch eingeladen«, sagt Winni an Emily und mich gewandt.

»Ehrlich?«, fragt Emily, die wie ich noch nie auf eine von Winnis angeblich so coolen Partys eingeladen war.

»Und bringt bitte jede Menge Jungs mit«, meint Winni, »sonst sind wir zu viele Mädchen.«

Emily und ich schauen uns an. Also deshalb hat sie uns eingeladen.

»Tom und Kalle auch?«, frage ich.

»Ja klar«, sagt Mona, »da drüben stehen sie, du kannst sie ja gleich mal fragen.« Sie schiebt mich ein Stück in Richtung der Ecke, in der die Jungs stehen, sodass ich fast hinfalle. Emily begleitet mich zu den beiden und stellt sich neben Lukas, der rot wird, als er sie erkennt.

»Maya zwei, lange nicht gesehen«, grinst Kalle und pikst mich mit dem Finger in den Bauch.

»Maya zwei?«, frage ich leicht verwirrt.

»Ja«, grinst Kalle, »es gibt auch eine Maya eins, und das bist nicht du.«

Ich sehe mich nach Emily um, doch sie steht neben Lukas, der sich von der Gruppe abgesondert hat. Die beiden halten Händchen und sehen sich verliebt in die Augen. Die übrigen Jungs rennen zur Tischtennisplatte, wo Nick und Wilhelm warten und mit zwei Schlägern winken, sodass ich plötzlich allein neben meinen Stiefbrüdern stehe.

»Ist noch was?«, fragt Tom und lässt einen Tischtennisball von der einen in die andere Hand fallen.

»Ja.« Ich räuspere mich. »Also, zuerst muss ich mich bei euch noch entschuldigen. Am Wochenende war dazu keine Zeit, aber ich wollte es unbedingt noch loswerden. Es tut mir echt leid, dass ich euch verdächtigt habe, Fotos von mir im Internet zu verbreiten ...«

»Ja, ja, die Gerüchteküche ...«, sagt Kalle und grinst.

»Dass ich nicht diese Maya mit dem sexy Wunderbauch bin, das wisst ihr ja wohl inzwischen auch«, sage ich steif, weil mir das Ganze sehr, sehr peinlich ist.

»Ja, wir wissen sogar, zu welcher Person der Bauch gehört«, grinst Kalle und boxt seinen Bruder in die Seite. »Zu Toms Schwarm.«

»Mann, halt die Klappe ...«, sagt Tom verärgert. Kalle nimmt mich beiseite. »Er ist in diese englische Austauschschülerin verknallt«, flüstert er.

»Mia? Die bei Monas Cousine wohnt? Die sich im SchülerVZ angeblich ›BeeMaya‹ nennt?«, frage ich überrascht.

»Ja, genau, aber nicht verraten! Er datet sie heimlich«, sagt er und legt seinen Zeigefinger über den Mund.

»He, was flüstert ihr miteinander?«, murrt Tom. »Welche Geheimnisse habt ihr vor mir?«

»Keine Geheimnisse«, lache ich und teile den beiden mit, dass sie zu Winnis Party eingeladen sind. »Kommt ihr?«

»Ja klar«, sagt Tom.

»Warum nicht? Wenn's gutes Essen gibt«, grinst Kalle.

Die gute Nachricht überbringe ich Winni, mit der ich nach der Pause zurück ins Schulhaus trabe.

Während des Unterrichts kann ich mich schlecht konzentrieren, meine Gedanken landen immer wieder bei Julian.

Nach der sechsten Stunde mache ich mich allein auf den Heimweg, doch vor dem Schuleingang bleibe ich kurz stehen, denn mir fällt ein, dass ich bei dem schönen Wetter eigentlich einen kleinen Abstecher zur Eisdiele machen könnte. Zwei Euro habe ich nämlich noch in der Hosentasche.

Als ich eben losmarschieren will, tippt jemand von hinten auf meine Schulter. Es ist Julian.

»Hallo!«, sage ich total überrascht. »Was machst du denn hier?«

Er gibt mir ein Küsschen auf beide Wangen und erklärt, dass er eine Stunde früher aus hatte und dachte, er könne mich doch heute mal abholen.

»Gute Idee«, strahle ich und setze meine Sonnenbrille auf, damit ich noch cooler aussehe. Während wir Hand in Hand auf dem Gehweg spazieren, unterhalten wir uns über meine Ferienpläne und ich sage zu ihm: »Papas Umzug nach Deutschland ist für September geplant, aber vorher fahre ich noch vier Wochen nach Australien und anschließend zwei Wochen mit Mama, Jens, Kalle, Tom und Basti nach Südfrankreich. Juhu!«

»Am meisten freust du dich wahrscheinlich auf Australien«, sagt er, »oder?«

Ich nicke.

»Du weißt aber schon, dass es dort viele giftige Tierarten gibt?«, fragt er mit einem Augenzwinkern. »Zum Beispiel die Seewespe. Ich hoffe, vor der hat dich schon jemand gewarnt?«

»Sag bloß, du bist auch Taucher oder Schnorchler ...«, frage ich und bleibe überrascht stehen.

»Wieso auch?«, fragt er.

»Ach, ich kenne da jemanden«, murmele ich. Ganz plötzlich kommt mir ein Verdacht, und aus einer spontanen Eingebung heraus frage ich: »Bist du eigentlich manchmal im Internet? Zum Beispiel im Schülerchat?«

»Ja, wieso?« Er lacht.

»Welchen Namen verwendest du da?«, frage ich und warte gespannt auf seine Reaktion.

»Knitting Jenny jedenfalls nicht«, sagt er grinsend. Verdattert schaue ich ihm ins Gesicht.

»Du kennst mein Pseudonym!«

»Sieht so aus.«

»Haben wir schon einmal miteinander gechattet?«

»Wer weiß?«

»Du bist aber nicht zufällig Mr. Divy, oder?«

Ich lasse meinen Blick über sein Gesicht wandern, das sich zu einem Lachen verzogen hat.

»Du bist es tatsächlich«, sage ich kopfschüttelnd. »Es ist nicht zu fassen! Divy wohnt bei mir um die Ecke. Mann, das hätte ich ja nie gedacht! Jetzt musst du mir aber endlich mal erklären, warum du dich ›Mr. Divy‹ nennst.«

»Du, frag mich nicht, war ein spontaner Einfall. Auf alle Fälle steckt ›to dive‹ – tauchen – drin. Und Tauchen ist ja bekanntlich mein Hobby.«

»Na ja, dass ›Knitting Jenny‹ ›Strickliesel‹ heißt, das weißt du ja auch, oder.«

»Ja, ich hatte extra nachgeschlagen, stell dir vor!« Wir müssen beide lachen.

»Bist du jetzt enttäuscht von Divy?«, fragt Julian.

»Allerdings, er ist ein totaler Flop«, sage ich grinsend und ziehe eine Grimasse. »Aber mal im Ernst: Ich ärgere mich, dass ich nicht früher darauf gekommen bist, dass du es bist.« Ich werfe ihm einen kurzen Blick zu. »Seit wann weißt du, dass ich die Jenny bin?«

»Einen Verdacht hatte ich schon, als Lukas mir die Mütze gegeben hat«, antwortet Julian. »Kein Mädchen sonst trägt Häkelmützen, das kann kein Zufall sein, dachte ich. Aber richtig sicher war ich erst nach unserem Chat.«

Das Blut schießt mir in den Kopf. Na klar, ich hatte ja am Freitag mit Divy gechattet und ihm erzählt, dass Julian mich geküsst hat und dass ich seitdem verknallt in ihn bin. Na toll!

»Peinlich, peinlich«, sage ich mit puterrotem Kopf.

»Das finde ich nicht«, murmelt Julian, zieht mich zu sich heran und gibt mir einen zarten langen Kuss auf den Mund.

»Ich bin auch in dich verknallt«, flüstert er mir ins Ohr, während wir nebeneinanderher gehen. Keiner von uns beiden sagt ein Wort. Meine Gedanken kreisen um Divy, und ich überlege fieberhaft, ob ich ihm womöglich noch weitere Peinlichkeiten erzählt habe. Als mir Marks Kuss einfällt und ich Julian nach dem Gucci-Sonnenbrillenträger frage, gibt er zu, dass er Mark und seine Freunde, aber auch meine Brüder vom Fußballklub her kennt. Ich runzle die Stirn.

»Du hattest wirklich keine Ahnung, dass ich die Jenny aus dem Chat bin?«

»Nein, ehrlich nicht.«

»Aber warum hast du am Freitag im Spex deine Mütze nicht aufgesetzt?«, frage ich schließlich. »Ich war so sauer auf dich, auf diesen Divy, meine ich!«

»Dumm gelaufen«, sagt Julian, gibt mir einen Kuss und erklärt, dass ihm zwei Jungs aus seiner Klasse zum Spaß die Mütze vom Kopf gerissen hatten. Dann seien zwei Mädchen aufgetaucht und hätten ihn zum Billardspiel eingeladen. Weil nirgendwo ein Mädchen mit Mütze stand, dachte er, eine von beiden sei Jenny, die ihn aber erst einmal testen will, bevor sie sich zu erkennen gibt.

»Mich hast du übersehen«, sage ich und ziehe einen Schmollmund.

»Nein, ich hätte nur nie gedacht, dass die schüchterne Maya die schlagfertige Jenny aus dem Web ist ... Ich meine, ein Mädchen, das taucht und nach Australien abhaut ... Das passt nicht zu meiner Maya ...«

Ich werde rot, weil er »meine Maya« sagt, und mein Bauch kribbelt.

»... Und denk mal nach, hattest *du* denn wirklich eine Mütze im Café auf?«

»Warte mal ...« Ich versuche, mir das Treffen mit Papa wieder zu vergegenwärtigen.

Grübelnd bleibe ich stehen. Dann fällt es mir ein und ich halte die Hand vor meinen Mund.

»Nun, was ist?«, fragt Julian.

»Stimmt! Du hast recht! Ich hatte meine Mütze abgelegt, weil mein Vater es so komisch fand, dass ich sie im Café aufbehalten habe. In der ganzen Aufregung hatte ich das selbst nicht bemerkt. Mann, tut mir leid ...«

»Na bitte«, sagt Julian, »und ich habe mich aufs Billardspielen konzentriert. Dabei habe ich ganz vergessen, das schwarze Ding wieder aufzusetzen.

»Das Treffen ist ja ziemlich in die Binsen gegangen«, seufze ich und gebe ihm einen Kuss aufs Ohr. »Aber das ist ja jetzt egal.«

»Ich bin echt froh, dass du nicht für immer zu den Kängurus gehst«, sagt er lachend.

»Ich auch«, flüstere ich und kuschle mich an ihn.

Schweigend gehen wir weiter nebeneinanderher. Irgendwo zwitschert eine Amsel, und ihr schöner Gesang klingt für mich wie »Alles wird gut«.

In der Eisdiele kauft Julian zwei Eistüten.

»Hier«, sagt er und reicht mir eine davon.

Während ich das Schokoladeneis lecke, schlendere ich gedankenverloren neben Julian her.

Nie hätte ich gedacht, dass ich mich in so einem trostlosen Kaff einmal so wohlfühlen würde. So zu Hause. Und so verliebt.

Wenn ich ehrlich bin, muss ich mir eingestehen, dass ich nach dem Umzug gar nicht erst versucht hatte, mich an die neue Umgebung zu gewöhnen, und total bockig war. Das wird mir jetzt erst klar. Ich habe mir selbst das Leben schwer gemacht mit meinem Misstrauen und meiner Angst vor Veränderungen. Aber das ist nun vorbei!

Ich bleibe stehen und lasse Julian von meinem Eis probieren, während ich ein Stück von seinem Zitroneneis abschlecke.

»Wie hieß noch mal einer deiner Lieblingssprüche?«, frage ich schließlich. »Der Spruch in deinem Blog ... Du weißt schon, der von dem chinesischen Philosophen.«

»Konfuzius? Wahrscheinlich meinst du den: *Wer ständig glücklich sein möchte, muss sich oft verändern.*«

»Genau«, murmle ich und kuschle mich in Julians Arm.